KB267756

STEEL ROAD 스틸로드
FUSION FANTASTIC STORY
이영균 퓨전 판타지 소설

스틸 로드 5

이영균 퓨전 판타지 소설

초판 1쇄 찍은 날 § 2013년 5월 23일
초판 1쇄 펴낸 날 § 2013년 5월 29일

지은이 § 이영균
펴낸이 § 서경석

편집부장 § 권태완
편집책임 § 어정원
디자인 § 이혜정

펴낸곳 § 도서출판 청어람
등록번호 § 제1081-1-89호
등록일자 § 1999. 5. 31
어람번호 § 제1-1608호

주소 § 경기도 부천시 원미구 심곡2동 163-2 서경B/D 3F (우) 420-822
전화 § 032-656-4452 팩스 § 032-656-4453
http://www.chungeoram.com
E-mail § chungeorambook@daum.net

ISBN 978-89-251-3300-3 04810
ISBN 978-89-251-3117-7 (세트)

FUSION FANTASTIC STORY

STEEL ROAD

이영균 퓨전 판타지 소설

스틸로드

5

[완결]

청어람

CONTENTS

Chapter 48
승리가 남긴 것

    파란 하늘을 배경으로 호호 할머니처럼 하얀 머리를 인 산
과 초록빛으로 물든 초원과 나지막한 구릉지가 펼쳐져 있다.

    분명 아름다운 모습이지만 준혁은 그 모습이 마치 오래된
이발소에 걸린 싸구려 풍경화처럼 느껴졌다.

    준혁은 한껏 인상을 찌푸렸다.

    속이 미식거려 당장에라도 토할 것 같았다.

    풍경 속으로 다가갈수록 더할 나위 없이 아름답고 평화로
운 풍경이 목불인견의 지옥도로 변하고 있었다.

    준혁은 이를 악물고 넘어오는 구토를 억지로 집어삼켰다.

"아파!"

"살… 살려줘."

"엄마!"

"크으으으윽!"

신음 소리가 돌과 돌 틈, 꽃과 꽃 사이에서 흘러나오고 있었다.

온몸에 화살을 고슴도치처럼 박고 있는 보핑겐 영지의 병사들이 가쁜 신음 소리를 토해내며 꿈틀거리고 있는 모습은 지옥도 그 자체였다.

패배의 대가는 무겁고 엄중했다.

"크윽!"

"아악!"

"아아아악!"

전장 정리를 맡은 포돈 영지의 병사들이 마지막 숨통을 끊기 위해 보핑겐 영지 병사들의 목과 배에 창을 쑤셔 넣었다.

준혁은 병사들의 표정에서 승리의 기쁨 대신 일종의 광기를 엿보았다.

더 이상 볼 수 없었다.

준혁은 고개를 돌려 현실을 외면했다.

"저럴 필요는 없잖아."

승리 소식을 듣고 달려온 김성찬은 준혁과 다른 생각을 가지고 있었다.

"그렇다고 치료해 줄 수도 없잖아. 놔두면 고통의 시간이 길어질 뿐이야."

"그건 그렇지만……."

김성찬의 말이 맞는다는 사실은 준혁도 잘 알고 있다.

하지만 달리 방법이 없다는 사실을 알면서도 마음이 좋지 않았다.

인간의 생명이 부서지는 모습은 아무리 보아도 쉽게 적응되지 않는 장면이었다.

준혁이 전장으로 다가오자 루돌프 폰 린덴그린 자작이 돌아온 주인을 반기는 배고픈 강아지처럼 칭얼대며 준혁에게 달려왔다.

"대승입니다. 대승!"

루돌프 자작의 얼굴은 열세를 뒤집고 영지를 지켜냈다는 자부심과 기적과 같은 승리를 일궈낸 준혁에 대한 경외심으로 번들거리고 있었다.

준혁은 그런 루돌프 자작이 싫었다.

그래서 얼른 대화의 주제를 돌렸다.

"전장 정리에는 얼마나 시간이 걸릴까요?"

"우선 적들의 무기와 옷, 갑옷 등을 벗겨내고 노획한 식량과 장비를 수거하려면 내일 밤까지는 열심히 몸을 놀려야 할 겁니다."

"그렇군요."

기분이 좋지 않았던 준혁은 시큰둥하게 대답했다.

그런 눈치도 모르고 루돌프 자작은 여전히 신나서 말했다.

"오늘 밤에 큰 잔치가 있을 예정입니다. 준혁 님도 꼭 참석해 주십시오."

아직도 죽음이 주는 무거운 기운을 떨쳐 버리지 못한 준혁은 고개를 흔들었다.

"전 됐습니다. 제가 끼면 병사들이 편히 즐기지 못할 겁니다. 오늘만큼은 눈치 보지 않고 마음껏 즐기게 해주십시오."

준혁의 말은 진심이었다.

짧은 기간 동안 오합지졸들을 당당한 병사로 만드는 과정에서 준혁은 상당한 무리를 했다.

훈련 과정은 준혁의 기준으로도 무척 가혹했다.

준혁은 속칭 민간인 물을 빼기 위해서 병사들의 신체와 정신을 극한까지 몰아붙였다.

잠도 재우지 않았고 식사도 멀건 귀리 스프와 말라비틀어진 빵 한 조각으로 통제했다. 의도적으로 귀리 스프에 벌레를 넣고 빵 반죽에 모래를 섞기도 했다.

그런 열악한 음식을 소화시킬 시간도 주지 않았다.

식사 시간은 단 5분.

병사들은 그 짧은 시간에 억지로 목구멍에 밀어 넣은 음식을 다시금 연병장에 반죽처럼 토해내야 했다.

그렇게 일주일을 굴리자 나긋했던 병사들의 눈에 독기가 서리기 시작했다.

순박하기 그지없던 평민들이 드디어 병사로 거듭난 것이다.

그제야 준혁은 음식을 정상적으로 돌리고 식사 시간도 늘렸다. 하지만 훈련의 강도는 더욱 강해져만 갔다.

덕분에 병사들에게 준혁은 인간의 탈을 쓴 악마 그 자체였다.

준혁의 말을 들은 루돌프 자작은 자신도 잔치에 끼지 않겠다고 말했다.

"저도 불편하긴 마찬가지겠지요."

"좋은 생각입니다. 그리고……."

"말씀하십시오."

"휴식은 전장 정리가 끝나는 그 순간까지입니다. 그 이후부터는 다시 다음 전투를 위한 준비에 들어가야 합니다. 자작님도 아시겠지만 전투는 이번이 끝이 아닙니다. 오히려 시작에 불과합니다."

준혁의 말은 승리에 도취되어 잊고 있었던 현실의 무게를 일깨워 주었다.

잠시 여유가 깃들었던 루돌프 자작의 표정이 어두워졌다.

준혁의 말대로 포돈 영지가 큰 피해 없이 전투에서 승리했지만 이는 어디까지나 국지적인 승리에 불과했다.

보핑겐 영지는 치명적인 타격을 입었지만 보핑겐 영지 뒤에는 더 강력한 힘을 가지고 있는 하인리히 후작과 피오다이나 상단이 도사리고 있었다.

하인리히 후작과 피오다이나 상단.

두 이름이 주는 무게는 결코 가볍지 않았다.

하인리히 후작은 벨루시 왕국 귀족파의 수장이다.

그는 1개의 호위기사단과 10개의 정규 기사단, 14개 준비기사단을 보유하고 있는 벨루시 왕국 최대의 군벌이다.

이만큼으로도 아찔하리만큼 강력한 전력이지만 하인리히 후작의 힘은 여기에 그치지 않는다.

하인리히 후작이 보유한 진정한 힘은 그를 중심으로 연합하고 있는 귀족파 영주 124명이다.

이들이 가진 힘의 총합은 벨루시 왕국 전력의 정확히 7할에 달한다.

사정이 이러니 하인리히 후작의 힘은 도저히 포돈 영지 같이 일개 변방의 소영지가 감당할 수 있는 힘이 아니다.

또 하나의 적인 북방대륙 최대 상단 피오다이나 상단의 힘은 더욱 무시무시하다.

　표면상 일개 상단에 불과한 피오다이나 상단이 대륙 전역의 상권을 틀어쥘 수 있는 배경에는 황금과 무력 두 가지 힘이 있다.

　피오다이나 상단은 막대한 황금을 각국의 권력자들에게 뿌려 자신들의 이권을 지킨다.

　하지만 황금의 힘만으로 악귀같이 탐욕스러운 왕족과 귀족들로부터 상권을 지킬 수 없음은 어쩌면 당연하다.

　그 사실을 잘 알고 있는 피오다이나 상단은 그에 대한 대책으로 자신들의 용병단을 보유하고 있다.

　흔히 용병단이라 하면 실력도 없이 거칠기만 한 어중이떠중이의 무리를 연상하기 쉽다. 하지만 피오다이나 상단의 용병단은 그런 양아치들과는 근본적으로 질이 다르다.

　피오다이나 상단의 용병단인 붉은 사자 용병단 소속 기사들은 하나같이 금력으로 스카우트한 대륙 전역의 일급 기사로만 이루어져 있다.

　게다가 그 총수는 무려 8,000여 명.

　일개 군소 왕국이 전력을 기울여 동원할 수 있는 기사의 총수가 2,000~3,000명 선이다. 그리고 제국이 동원할 수 있는 기사의 총수가 10,000명 선이라는 사실을 감한할 때 이는 경악스러운 숫자다.

붉은 사자 용병단은 평시에는 피오다이나 상단 지점 경비나 상행로 보호 등의 통상 임무를 수행한다.

그리고 당연한 이야기지만 피오다이나 상단의 이익에 반하는 문제가 생기면 그 문제를 해결하는 것도 역시 붉은 사자 용병단이다.

피오다이나 상단이 가진 무력이 붉은 사자 용병단뿐이라고 믿는 것은 어리석은 짓이다.

어디까지나 붉은 사자 용병단은 피오다이나 상단의 드러난 힘일 뿐이다.

피오다이나 상단이 더 얼마나 무서운 독니를 숨기고 있을지는 아무도 모른다.

어쨌든 분명한 사실은 하인리히 후작, 피오다이나 상단 공히 어느 쪽이든 500명에 불과한 궁병으로 어찌해 볼 수 있는 전력이 아니다.

"휴~"

가슴이 먹먹해진 루돌프 자작은 긴 한숨을 내쉬었다. 너무나 허탈해서 승리의 기쁨이 날아가 버린 느낌이었다.

*   *   *

밤에 열린 잔치는 포돈 영지가 생긴 후 최대였다고 할 만큼

성대하게 치러졌다.

수백 마리의 말이 화살에 맞아 죽은 덕분에 고기는 동네 개들이 배가 불러 움직이지 못할 만큼 많았고, 영지의 술독이란 술독은 모두 열려 술도 풍족했다.

영지민들은 고기를 뜯고 술을 마시며 오늘의 승리를 축하했다.

병사들은 자신의 무공을 전투에 참여하지 않은 사람들에게 자랑하기 여념이 없었다.

그중에서도 한 병사의 목소리가 제일 컸다.

그는 20여 명 가까운 아이를 모아놓고 열심히 무용담을 털어놓고 있었다.

"기사들이 몰려 올 때 느낌이 어떤 줄 알아?"

"……."

"과연 기사야. 두두두두 하고 천지 사방이 흔들리는데 정말 오줌 지리겠더라고……."

"우와……. 그래서 도망갔어요?"

"도망? 도망이라니……. 내가 누구야! 참나무 방앗간 셋째 아들 존 아저씨가 바로 나야. 난 오히려 투지를 끌어 올렸어. 그리고 두 다리에 힘을 주고 활을 들어 올렸지."

존의 무용담을 듣고 있던 아이들이 박수를 쳤다.

"와, 아저씨 최고. 그래서 활을 쐈어요?"

“당연하지. 내가 쏜 화살이 핑하고 날아가서는 달려오던 기사 나리의 투구의… 거 뭐더라……. 하여튼 눈틈으로 팍! 하고 꽂혔단 말이지.”

“그래서 그 기사는 어떻게 됐어요?”

“도끼질한 나무가 넘어질 때 어떻게 넘어지지?”

“쿵하고요.”

“맞아. 기사도 돌멩이처럼 땅으로 쿵하고 떨어지더라고…….”

“그래서요? 기사는 죽었어요?”

“…….”

신나고 맛깔나게 이야기를 이어나가던 존이 갑자기 입을 다물었다. 침묵은 이야기의 긴장감을 고조시키려는 목적이 아닌 듯 상당히 길게 이어졌다.

그러자 참다못한 아이들이 성화를 부리기 시작했다.

“말해주세요. 어떻게 됐어요?”

“…….”

하지만 결국 존은 더 이상 이야기를 하지 않았다.

존은 자리를 털고 일어나며 말했다.

“너희들, 이제 잘 시간이다. 얼른 집으로 돌아가거라. 부모님이 걱정하신다.”

“에이, 존 아저씨. 순 거짓말쟁이.”

"거짓말쟁이. 거짓말쟁이."

"기사를 맞춘 것도 거짓말이죠?"

"거짓말! 거짓말!"

존은 순순히 아이들의 말에 수긍했다.

"그래, 거짓말이다. 거짓말."

"앞으로 존 아저씨를 거짓말쟁이 존이라고 부를래요."

"상관없다. 알아서들 해라."

존은 여전히 떠들고 있는 아이들에게서 등을 돌렸다.

존은 거짓말을 하지 않았다.

그가 쏜 화살은 분명히 기사의 미간에 꽂혔고 말에서 떨어졌다.

존이 나지막하게 욕설을 내뱉었다.

"씨발……."

떨어진 기사는 꿈틀거렸다.

기사는 그때까진 죽지 않았음이 분명했다.

두두두두두!

뒤이어 수십 마리의 기마의 행렬이 낙마한 기사를 덮쳤다.

존은 말발굽에 밟힌 기사의 갑옷이 찌그러지던 모습을 기억해냈다.

'잘 닦여 반짝반짝 빛나는 판금 갑옷의 틈새로 붉은 피가 흘러나왔어……. 머리에서도, 발에서도, 배에서도, 손에서

도……'

더 이상 참지 못한 존은 얼른 술을 찾았다.

"……"

나무 술잔을 꼭 쥔 존의 손이 풍이라도 맞은 것처럼 격렬하게 흔들렸다.

'내가 사람을 죽인거야.'

기억이 존을 휘감아 어둠에 떨어뜨렸다.

전투의 기억은 존에게만 영향을 준 것이 아니었다.

전투에 참가했던 대부분의 병사도 승리에 대한 흥분이 가라앉자 처참했던 기억을 떠올렸다. 그들은 자신이 사람을 죽였다는 현실을 인식했다.

떠들썩하던 포돈 성이 버려진 폐성처럼 적막한 고요에 휩싸였다.

압도적인 대승을 이뤄냈음에도 불구하고 병사들은 스스로의 힘으로 삶을 지켰다는 흥분보다는 사람을 죽였다는 현실이 주는 무게에 억눌려 버린 것이다.

병사들은 그제야 그럼에도 불구하고 지켜낸 삶을 위협하는 강대한 힘이 아직도 존재하고 있음을 깨달았다.

전쟁은 끝이 아니었다.

시작에 불과했다.

침묵이 포돈 성을 잠식했다.

Chapter 49
클라라 부인

　포돈 성으로 돌아온 김성찬은 성 안쪽 가장 깊숙한 장소에 자리 잡은 침실로 향했다.

　무척 화려하지만 천박하지 않은 장식들로 꾸며져 있는 우아한 침실의 주인은 40대 중반쯤으로 보이는 중년 귀부인이었다.

　귀부인은 김성찬이 방으로 들어오자 얼른 손을 흔들어 머리를 만져주고 있던 하녀들을 내보냈다.

　"왜 이제야 왔어요. 하루 종일 기다렸어요, 성찬 경."

　김성찬은 깍듯이 인사를 한 후 물었다.

“기분은 좀 어떠십니까?”

“아주 좋아요.”

“다행입니다, 클라라 부인.”

중년 귀부인의 이름은 클라라 폰 포돈. 바로 루돌프 폰 린덴그린 자작의 어머니다.

김성찬은 던전에서 찾아낸 스승의 기록을 바탕으로 클라라 부인이 걸린 매혹마법을 제거하고 있는 중이었다.

스승의 매혹마법을 풀기 위해서는 시전자와 대상의 유대감이 무엇보다 중요하다.

그래서 김성찬의 목소리는 한껏 부드러웠다.

“오늘도 시작해 볼까요?”

“그래요. 잘 부탁드려요.”

클라라 부인이 익숙하게 침대에 몸을 뉘였다.

김성찬은 그녀에게 도토리만 한 크기의 알약을 먹인 다음 환상마법을 걸었다.

마법 영창이 끝나자마자 침대 머리맡에 검은 옷을 입은 한 남자의 환영이 떠올랐다.

남자는 불과 140㎝ 정도의 키에 얽은 곰보 얼굴, 쥐처럼 튀어나온 이빨, 낙타의 혹처럼 솟아 오른 등을 가지고 있는 추악한 외모를 가지고 있었다.

두 번 보기 싫을 만큼 추악한 외모를 가진 남자지만 클라라 부인의 눈에는 그렇지 않은 모양이었다. 그녀는 한없이 사랑스럽다는 눈빛으로 남자를 바라보고 있었다.

'스승님.'

김성찬은 씁쓸한 미소를 지었다.

스승은 외모는 추악했지만 매혹마법에 한정해서는 그 누구보다 뛰어난 마법사였다.

그 증거로 스승의 마법은 그가 죽은 후에도 몇십 년을 끈질기게 살아남아 현재까지 위력을 발휘하고 있었다.

당초 클라라 부인은 자신이 사랑하는 남자의 제자라고 주장하는 김성찬의 존재를 전혀 믿어주려 하지 않았다.

그래서 김성찬은 스승의 물건을 보여주고 일화를 이야기하며 클라라 부인을 설득시키는 수고를 해야 했다.

하지만 클라라 부인은 완강했다.

그녀는 김성찬을 아들이 보낸 사기꾼으로 믿고 있었다.

결국 김성찬은 자신만의 세상에 깊게 빠져 있는 클라라 부인을 위해 환상마법을 사용해 스승의 모습을 보여주었다.

그제야 클라라 부인은 김성찬을 스승의 제자로 믿어주었다.

매혹마법의 해제는 거는 것보다 10배는 어려웠다.

스승은 매혹마법의 성능을 높이기 위해 5서클, 6서클 마법과 각종 마법재료를 복잡하게 적용했다.

김성찬은 서두르지 않고 근 일주일에 걸쳐 조심스럽게 클라라 부인에게 걸린 매혹마법을 한층 한층 벗겨냈다.

그 과정은 너무나 고통스러웠지만 한편으로는 김성찬의 마법에 대한 이해를 높여주는 긍정적인 측면도 있었다.

'오늘이 마지막이다. 서두르지 말자. 조심, 조심.'

김성찬은 약에 취해 의식을 잃은 클라라 부인의 이마에 오른손을 얹고 마지막 주문을 외웠다.

"Aperi oculos tuos excutere ficto pectore veri (아페리 오쿨로스 투오스 익스큐테레 픽토 펙토레 베리:거짓의 마음을 벗어버리고 진실의 눈을 떠라.)"

김성찬의 주문이 끝나자 클라라 부인의 이마에서 검은 연기가 피어올랐다.

연기는 점차 형태를 갖췄고 이윽고 인간의 모습으로 변했다.

'스승님.'

매력마법의 비밀은 시전자의 사념에 있었다.

스승은 자신의 사념을 약물과 마법의 힘으로 클라라 부인의 뇌에 각인시켰다.

일주일간의 시술 끝에 김성찬은 그 사념을 뽑아낼 수 있었다.

연기로 변한 스승의 사념이 흩어지지 않고 클라라 부인을 맴돌았다. 그만큼 스승의 집착이 강하다는 의미였다.

그 모습은 김성찬을 감성적으로 만들었다.

왠지 눈물이 날 것 같았다.

스승은 좋은 사람이었고 클라라 부인을 진심으로 사랑했다. 다만 그의 외모가 워낙 흉측했고 그 사랑이 일방적이었다는 데 문제가 있었다.

사랑은 상대의 부족한 점을 채워주는 것이 아니다.

그저 마음으로 상대의 부족한 점까지 이해하고 감싸주는 행위다.

스승은 그럴 수 있었지만 클라라 부인은 그럴 생각이 없었다. 그녀에게 스승은 추악한 괴물일 뿐이었다.

어쩔 수 없는 일이다.

원래 사랑은 그런 것이다.

그래서 스승의 사랑은 더더욱 슬펐다.

"끄으으응."

의지를 사로잡고 있던 마법이 사라지자 클라라 부인이 눈을 떴다.

클라라 부인의 시선이 김성찬에게 머물렀다. 그리고 다시 스승에게로 옮겨갔다.

"까아아아아악!"

유리를 칼날로 긁는 듯한 비명 소리가 포돈 성에 울려 퍼졌
다.

그리고 그 비명이 신호인 것처럼 연기가 흩어져 사라졌다.

"무슨 일입니까?"

"……."

어머니의 방 밖에서 초조하게 결과를 기다리던 루돌프 자
작이 뛰어 들어왔다. 그는 반쯤은 혼이 나간 듯한 어머니와
그런 어머니를 외면하며 고개를 돌리고 있는 김성찬을 번갈
아 바라보았다.

클라라 부인과 루돌프 자작의 시선이 마주쳤다.

"넌……."

클라라 부인의 입이 열리자 루돌프 자작이 당황하며 방을
빠져나가려 했다. 루돌프 자작은 이 방에 들어올 자격이 없었
다.

"죄… 죄송합니다. 어머……. 아니, 부인."

아들이자 영지의 주인이지만 루돌프 자작은 아직도 어머
니를 어머니라 부르지 못하는 신세였다.

물러가는 루돌프 자작을 클라라 부인이 불러 세웠다.

"루돌프……."

"……."

"나의 아들……."

“어… 머… 니.”

“루돌프.”

클라라 부인이 일어나 루돌프 자작에게 다가갔다.

그녀는 몇 번을 망설이다 루돌프 자작의 손을 잡았다.

매혹마법은 사라졌다. 그리고 그동안의 기억을 고스란히 남겼다. 클라라 부인은 그동안 자신이 아들에게 한 행동을 모두 기억하고 있었다.

미리 마법이 풀렸을 때의 상황을 설명 받은 루돌프 자작이 클라라 부인을 꼭 안으며 말했다.

“어머니.”

“내 아들……. 흐흐흐흑.”

클라라 부인이 흐느끼기 시작했다.

루돌프 자작도 울음을 터뜨렸다.

처연한 모습이다.

김성찬은 차마 그 모습을 더 볼 수 없어 방을 빠져나왔다.

마법사가 왜 사람들에게 미움을 받았는지 알 것 같았다.

‘아, 장장 2,000년! 그들이 세상을 지배하는 동안 이런 일이 얼마나 많이 벌어졌을까.’

자신도 그런 마법사의 일원이란 사실이 싫어졌다.

그래서인지 김성찬의 걸음은 천근의 쇳덩어리를 짊어진 것처럼 무거웠다.

*   *   *

같은 시간 준혁은 모종의 임무를 띠고 사라졌다 돌아온 아르쥬를 만나고 있었다.

"보핑겐 자작은 어떻게 됐어?"

"그는 죽었어요."

"수고했어. 자작의 죽음은 우리가 준비할 시간을 벌어줄 거야."

준혁의 말에 아르쥬가 고개를 저어 부정했다.

"죽긴 죽었는데 내가 죽이지 않았어요."

"무슨 소리야?"

준혁은 되물었다. 그가 아르쥬에게 내린 명령은 보핑겐 자작의 죽음이었다. 그리고 명령은 이뤄졌다. 그런데 아르쥬는 자신이 보핑겐 자작을 죽이지 않았다고 말하고 있었다.

"보핑겐 자작을 죽인 사람은 검은 로브를 입은 남자였어요."

"……."

아르쥬의 말은 점점 점입가경으로 치달았다.

"검은 로브를 입은 남자는 보핑겐 자작을 죽인 다음 패잔병들을 수습해서 후퇴해 온 라인하트 경에게 달라붙었어요."

“달라붙다니?”

“말 그대로예요. 그는 형체를 버리고 그림자로 변했고 라인하트 경에 달라붙었어요.”

“…….”

생각을 가다듬을 필요가 있었다.

길게 생각해 볼 필요 없이 검은 로브를 입은 남자는 마법사다.

그리고 준혁이 아는 한, 마법사를 수족으로 부리고 있는 집단은 오직 한곳뿐이다.

“피오다이나 상단.”

“아마도요.”

아르쥬도 준혁의 의견에 동의했다.

“피오다이나 상단이 적극적으로 움직인다는 증거이긴 한데……. 그 이유를 모르니…….”

“던전에서 발견한 그 장치 때문이겠죠.”

일견 아르쥬의 생각은 타당했다.

준혁은 김성찬에게 그 장치의 용도를 들었을 때의 충격을 떠올렸다.

그 장치라면…….

같은 목적을 가진 동맹인 피오다이나 상단과 보핑겐 자작이 욕심낼 만한 장치이기는 하다.

하지만 단지 그 장치 때문에 피오다이나 상단이 동맹을 파기하고 보핑겐 자작을 죽였다는 아르쥬의 의견에는 동의하기 힘들었다.

"그건 아닐 것 같아. 장치 때문이라면 승리한 후라면 몰라도 패배해서 이빨이 빠져 버린 보핑겐 남작을 죽일 이유가 없어."

준혁의 의견을 듣고 난 아르쥬가 한참 동안 무언가를 골똘히 생각하더니 입을 열었다.

"준혁님의 말씀이 맞는 것 같아요. 그렇다면 던전 안에 우리가 알고 있는 그 장치보다 더 큰 비밀이 숨겨져 있는 것이 아닐까요?"

"그 장치보다 더 큰 비밀이 있다?"

"그래요. 한번 생각해 보세요. 제가 알기로 불과 30년 전까지만 해도 공간을 단축시켜 여행할 수 있는 장치는 영지마다 하나쯤은 있을 정도로 많았어요. 마법사들이 사라지자 그들의 흔적을 지우는 과정에서 장치 대부분이 파괴되었다고는 하지만 정말로 모두 다 파괴되었을까요?"

확실히 일리가 있는 의견이다.

권력자들은 자신이 가지고 누리는 것을 피지배층과 나누는 것을 싫어한다.

그런 측면에서 보자면 마법사를 대신해 등장한 새로운 지배층이 그토록 편리한 장치를 모두 파괴했다고 믿는 것은 순진한 행동이다.

게다가 아르쥬의 가설을 뒷받침하는 사실이 하나 더 있다.

피오다이나 상단은 승리 후도 아니고 패배한 후에 보핑겐 자작을 죽었다.

다시 말해서 보핑겐 자작은 어차피 죽을 운명이었다는 의미다.

준혁은 익숙한 한 단어를 떠올렸다.

"살인멸구(殺人滅口)."

"네?"

"아~ 지구의 격언이야. 죽은 자는 말이 없다란 말이지."

"그렇군요. 그래요. 지금 상황과 정확히 일치하는 말 같아요."

"이제 우리가 할 일은 정해졌네. 던전을 다시 한 번 샅샅이 살펴봐야겠어."

"네."

준혁과 아르쥬의 대화는 던전에 대한 탐색의 필요성만을 남긴 채 그렇게 끝을 맺었다.

*　　　*　　　*

아르쥬와의 대화 덕분에 머리가 아파진 준혁은 무거운 발걸음을 식당으로 옮겼다.

포돈 성의 중앙 식당은 2층 남쪽에 자리 잡고 있다.

평소라면 저녁 만찬을 준비하는 요리사와 시중들 하녀, 시중들로 분주했을 식당은 텅 비어 있었다.

사라진 사용인 대신 준혁을 맞이해 준 사람은 김성찬이었다. 김성찬은 양동이 하나 가득 담긴 감자를 내밀며 말했다.

"마침 잘 왔다. 이 감자 좀 깎아줘."

"다들 어디 갔는데?"

"잔치에 참가하라고 내보냈어. 감자를 다 깎고 나면 양파도 다져주라."

"그럼 우리 저녁은 형이 요리하는 건가? 오랜만에 잘 먹겠네."

"크크크크, 당연하지. 기대해라."

"좋아."

준혁은 팔을 걷어붙이고 감자 껍질을 벗기기 시작했다.

포돈 성의 식사는 영지의 궁핍함을 보여주듯이 형편없는 수준이었다. 그중에서도 준혁을 가장 괴롭힌 음식은 고기를 사용한 요리들이었다.

영주님의 중요한 손님이자 영지의 은인이니 딴에는 신경 써서 내왔을 고기 요리의 수준은 처참하다 못해 비참하기까지 했다.

이곳에서 고기를 요리하는 방법은 오직 소금을 뿌려 굽는 방법 한 가지였다.

지구의 소고기라면 그 정도로도 충분히 맛있을 것이다.

하지만 이곳은 토라다.

사슴과 산양, 토끼, 멧돼지 등 산짐승의 고기를 사용한 요리는 향신료 없이는 도저히 먹을 수 없을 만큼 누린내가 진동했다.

김성찬 옆에 일행의 영양 상태를 심각하게 위협하는 범인인 요리사의 모습도 보였다. 그는 김성찬이 요리하는 모습을 하나도 놓치지 않겠다는 일념으로 눈을 부릅뜨고 있었다.

"고기는 굽는 것이 전부가 아니야. 육질을 연하게 하려면 고기에 칼집을 내서 과일을 갈아 만든 소스에 담가두면 돼. 이때 소스에 후추와 마늘을 섞으면 냄새를 잡을 수 있어."

"이런 방법이 있었군요. 대단합니다."

"충분히 숙성이 되면 뜨겁게 달군 프라이팬에 육즙이 빠져나오지 않게 겉면만을 익힌 후 뚜껑을 닫아 오븐에 넣어."

"빵도 아닌데 고기를 오븐에 넣는다는 말씀이십니까?"

"그래. 두꺼운 고기를 프라이팬으로 구우면 겉면이 새카맣게 타버리잖아. 딱딱해지고 맛도 없어. 하지만 오븐에서 열로 구우면 겉면을 태우지 않고도 안을 익힐 수 있어. 부드럽게 익은 육즙이 넘치는 스테이크가 완성되는 거지."

"그렇군요."

김성찬은 한정된 재료를 이용해 멋진 요리들을 만들어 냈다. 물론 최후의 순간에는 그가 가진 비장의 무기 MSG가 사용되었다.

요리가 완성되자 미리 연락해 둔 클라라 부인과 루돌프 자작이 식당에 모습을 드러냈다.

시종과 하녀들이나 사용하는 멋없이 투박한 나무 탁자에 차려진 요리들을 보고 루돌프 자작이 반색했다.

여행 도중 김성찬의 요리를 맛본 루돌프 자작은 영지에 돌아온 후 요리사의 실력에 절망하고 있는 중이었다.

환호하는 루돌프 자작과 달리 클라라 부인의 반응은 차가웠다.

"시종과 하녀들은 모두 어딜 가고… 이런 난장판이란 말입니까."

"오늘 영지 잔치가 있어 모두 즐기라 내보냈습니다."

"잔치라니요? 무슨 좋은 일이 있었습니까, 영주."

질문을 받은 루돌프 자작이 일행에게 살짝 눈치를 줬다.

그는 클라라 부인의 손을 잡고 말했다.

"어머니가 악독한 마법사의 마수에서 풀려나지 않았습니

까. 충분히 축하할 만한 일이지요."

루돌프 자작은 어머니에게 전쟁 이야기를 하지 않았다.

오늘에서야 겨우 자신을 아들로 인정해 준 어머니에게 영지의 존망을 건 전쟁이 있었다는 소식을 전해 걱정을 끼치고 싶지 않은 착한 마음 때문이다.

그제야 클라라 부인이 굳은 표정을 풀고 말했다.

"아무리 그래도……. 영지 전체 잔치라 하면 비용이 만만치 않을 텐데요. 못난 어미 때문에 영지의 재정에 축이라도 나면……."

"걱정 마십시오. 제가 젊고 어머니가 건강하시니 앞으로 열심히 영지를 꾸려 나가면 됩니다."

"그렇다면 다행입니다. 나도 열심히 돕겠습니다."

분위기가 훈훈해지자 기다리고 있던 김성찬이 끼어들었다.

그는 탁자에 놓은 요리들을 가리키며 말했다.

"당연합니다. 부인도 젊으시고 영주님 또한 젊으시니 앞으로 열심히 일해 영지를 키워 나가면 됩니다. 하지만 그전에 일단 든든히 먹고 힘을 내셔야죠. 어서 자리에 앉으시지요."

클라라 부인의 표정이 싸늘하게 식었다. 그녀는 김성찬을 노려보며 소리쳤다.

"네가 왜 아직도 여기 있는 것이냐."

"……."

"네가 왜 이 성에 남아 있냐고 물었다."

클라라 부인은 당장에라도 김성찬을 쳐 죽일 기세였다.

뜻밖의 상황에 당황해 멍해 있는 김성찬을 대신해 루돌프 자작이 나섰다.

"어머니, 무슨 말씀이십니까. 어머니를 치료해 주신 분이 바로 성찬 경 아닙니까?"

"나도 눈이 있고 귀가 있으니 보고 들어 압니다. 하지만 공은 공, 사는 사. 저 남자는 마법사예요. 그것도 악독한 악마의 제자란 말입니다. 저놈을 죽이지 않고 떠나게 하는 것만으로도 충분히 은혜를 베풀었다 생각합니다."

"아무리 그래도 어머니를 치료해 주신 은덕까지 사라지는 것은 아닙니다. 성찬 경은 저 멀리 남방대륙에서 왔습니다. 어머니를 치료하기 위해서 말입니다."

"흥, 속에 뭔가 검은 꿍꿍이를 감추고 치료를 해준 게지요."

클라라 부인은 끝까지 의심을 풀지 않았다.

참다못한 루돌프 자작이 언성을 높였다.

"어머니, 은혜는 은혜입니다. 그 은혜가 독으로 밝혀지지 않은 이상 성찬 경을 내쫓는 것은 은혜를 원수로 갚는 행동이고 다시 말해 가문의 이름에 스스로 먹칠을 하는 격입니다.

어머니도 다른 귀족들에게 그런 참담한 말을 듣고 싶지는 않
으시겠지요.”

“…….”

“분명 전 어머니의 아들입니다. 어머니를 사랑합니다. 하
지만 이번 어머니의 말씀은 따르지 못하겠습니다. 성찬 경은
영지의 귀빈으로 성에 남을 것입니다. 이 결정은 포돈의 영주
인 루돌프 자작의 명령입니다.”

루돌프 자작이 영주의 명령까지 들먹이며 단호하게 나오
자 그제야 클라라 부인이 자신의 주장을 철회했다.

그뿐이 아니었다.

오히려 클라라 부인은 눈물까지 흘리며 루돌프 자작을 치
하했다. 클라라 부인은 자신이 단 한 번도 애정을 준 적이 없
는 아들이 늠름한 자란 모습에 자못 기꺼워하는 눈치였다.

“이 어미가 그토록 모질게 굴었는데도……. 멋지게 성장하
셨군요. 영주, 장하십니다. 정말 장하십니다. 신의 가호가 오
늘처럼 마음속 깊이 느껴진 적은 없었습니다.”

약간의 소란은 있었지만 저녁 만찬은 매우 즐겁게 이뤄졌
다.

특히 이 모든 요리가 김성찬의 솜씨라는 사실을 모르는 클
라라 부인의 놀라움은 대단했다.

“요리사, 오늘 요리가 정말 좋아. 특별한 비법이라도 발견

한 건가?"

　"아닙니다, 마님. 이 음식은 모두 성찬 경이 직접 요리하셨습니다. 성찬 경은 제가 아는 요리사 중 으뜸의 실력을 가지고 계십니다."

　요리사의 대답을 들은 클라라 부인이 의심스러운 눈빛으로 루돌프 자작을 바라보았다.

　"놀랍군요. 하지만 혹시 이 요리의 맛이 마법 때문은 아닙니까?"

　"하하하하. 아닙니다, 어머니. 제가 아는 한 성찬 경은 최고의 요리사입니다."

　"그렇다면야……."

　아직 클라라 부인이 의구심을 풀기에는 시간이 더 필요했다. 부족한 재료와 도구를 이용해 죽도록 고생해서 멋진 요리를 만들어낸 김성찬의 무릎만 풀리는 순간이었다.

Chapter 50
벨루시 왕국

　저녁 식사를 마친 일행과 루돌프 자작은 시원한 바람이 불어오는 베란다에 모여 앉았다.

　신선한 바람을 타고 성 앞 광장에서 영지민들의 떠들썩한 노랫소리가 들려왔다.

　배도 부르고 아끼고 아꼈던 커피 믹스까지 한 잔 마시니 세상에 부러울 것이 없는 소중한 시간이었다.

　잠시의 망중한의 시간을 보낸 준혁은 헛기침으로 말을 시작했다.

　"큼, 한 가지 정보가 들어 왔습니다."

“……”

“……”

“……”

김성찬과 루돌프 자작이 준혁을 바라보았다.

이미 내용을 알고 있는 아르쥬만이 난간에 기대에 시선을 멀리하고 있었다.

준혁은 아르쥬에게 들은 마법사에 대한 정보를 이야기했다.

검은 로브를 입은 인간이 보핑겐 자작을 죽이고 그림자로 변해 라인하트 경에게 달라붙었다는 설명은 좌중을 큰 충격에 빠뜨렸다.

잠시 침묵이 흐른 후 김성찬이 말했다.

“마법사가 피오다이나 상단에 소속되어 있다는 사실은 우리도 이미 알고 있었으니 새삼 놀라울 일은 아냐. 오히려 난 어쩌면 30년 전 사라진 마법사들이 피오다이나 상단의 중추일 수도 있다고 생각해.”

준혁은 김성찬의 의견에 동의하지 않았다.

마법사가 피오다이나 상단의 중추라고 보기엔 유라를 데리고 있는 마법사 집단의 인상이 너무 깊었다.

그렇다고 김성찬의 의견을 무시할 생각은 없었다.

최대한 많은 변수를 제시하는 것은 김성찬의 임무였고 그

변수 중 하나를 골라 대책을 수립하는 것은 준혁의 몫이었다.

준혁은 궁금했던 한 가지 질문을 던졌다.

"그런데 마법사는 그렇게 그림자로 변할 수도 있는 건가?"

김성찬이 천천히 고개를 저었다.

"나도 그 점이 이해가 안 돼. 내가 모든 마법을 모두 안다고 말할 순 없지만 그림자로 변해 인간의 이성을 지배하는 마법이 있다는 소리를 들은 적은 없어. 내 스승이 만들어낸 매혹마법의 경우를 봐서도 알겠지만 인간의 이성을 지배하는 마법은 정말 어려워. 스승이 성공한 건 그의 집념이 만들어낸 기적이라고."

김성찬의 설명에 의하면 마법은 마력을 실체화하는 방법이다. 그러니 인간의 이성을 지배하거나 조종하는 마법은 마법이라고 말할 수 없다.

설명을 듣고 나자 준혁은 간과하고 있었던 어떤 명칭을 하나 떠올렸다.

토라에는 없지만 지구에서는 잘 알려진 이름.

루돌프 자작을 속이기 위해 김성찬이 꺼내들었던 바로 그 이름.

그저 상황을 모면하기 위해 마음대로 끌어다 붙였던 이름.

바로…….

"그럼 혹시……?"

“혹시, 뭐?”

“흑마법사.”

“……”

김성찬이 고개를 끄덕였다. 그도 같은 생각을 하고 있었던 것 같았다.

루돌프 자작은 두 사람의 대화를 이해하지 못했다.

“흑마법사? 왜 그렇게 놀랄 일이죠? 이미 알고 있었잖아요. 그래서 남방대륙에서 오셨던 것 아니었나요?”

생각보다 루돌프 자작은 강단도 있었고 똑똑했다.

준혁은 이 상황을 얼버무려 버리기로 결정했다.

포돈 영지가 지극히 하찮은 전력을 가진 작은 영지라고해도 현재로서 일행이 의지할 수 있는 유일한 전력이고 무엇보다 던전이 위치하고 있었다.

“당연히 그렇죠. 하지만 예상보다 흑마법사의 능력이 놀라워서 그렇습니다. 안 그렇습니까. 마법사님?”

준혁의 마음을 눈치챈 김성찬도 얼른 맞장구쳤다.

“그… 그렇지. 정말 놀라운 능력이지만 혐오스러운 마법입니다. 자작님은 안 그렇습니까?”

그러자 루돌프 자작이 예리하게 되물었다.

“그야 그렇지만……. 심각하게 이야기를 꺼낸 사람은 제가 아니라 가디언이신 준혁 경이셨는데요?”

"큼, 큼, 제가 워낙 놀라서 그렇습니다."

눈빛을 교환한 준혁과 김성찬은 얼른 말을 돌렸다.

"그건 그렇고, 오늘 패배했다고 해서 피오다이나 상단과 보핑겐 영지가 쉽게 물러나지 않을 것입니다. 당연히 보복을 해오겠지요. 우리에겐 대책이 필요합니다."

김성찬이 얼른 맞장구쳤다.

"당연하지. 안 그렇습니까, 자작님?"

"그… 그렇죠."

말 돌리기가 성공하자 준혁은 본론으로 들어갔다.

"그래서 말인데 우리에게 가장 필요한 것은 역시 정보입니다. 아르쥬?"

"말씀하세요."

"아르쥬가 다시 보핑겐 영지로 가서 수고를 좀 해줘야겠어."

아르쥬는 일말의 망설임도 없이 고개를 끄덕였다.

"알았어요."

"라인하트 경에게 빙의해 있는 흑마법사를 조심해야 해."

"걱정 마세요. 전 종달새 아르쥬예요. 제가 마음먹으면 악마라 해도 날 찾을 수 없어요."

아르쥬의 대답을 들은 준혁은 이번에는 루돌프 자작에게 말했다.

“그리고 자작님.”

“말씀하십시오.”

“포돈 인근 영지들이 대부분 국왕파라고 들었습니다. 그 영지들 중 혹시 포돈을 도와줄 영지가 있습니까?”

“있습니다만… 무도하고 멍청한 귀족파들과 달리 국왕폐하께 충성하는 왕당파의 병사를 움직이기 위해서는 당연히 어명이 필요합니다. 하지만 국왕폐하께서 워낙에 연로하셔서…….”

루돌프 자작이 말꼬리를 흐렸다.

준혁은 다시 물었다.

“그렇다고 해도 왕당파 귀족들도 구심점은 있을 것 아닙니까.”

“있습니다. 왕당파의 리더는 국왕폐하의 아우이신 막시밀리안 공작이십니다. 유약하신 국왕폐하와는 달리 천성이 호탕하신 무골로 알려져 있습니다.”

*　　　*　　　*

루돌프 자작은 우선 벨루시 왕국의 정세를 설명하기 시작했다.

“벨루시 왕국의 현 국왕이신 레오 4세는 음유시인 왕이라는 별명을 가지고 계십니다. 그 별명은……."

음유시인 왕이란 별명은 성격이 유약하고 몸도 건강하지 않은 레오 4세가 워낙 시 짓고 노래 부르기를 좋아해서 붙여진 별명이다.

사실 시와 음악을 사랑하는 예술 지향적인 네오 4세의 성격은 대륙 전체 왕실에 시와 연극이 유행하던 100년 전만 해도 전혀 문제될 일이 아니었다. 오히려 국왕으로서 최고의 덕목이라고 할 수 있었다.

하지만 지금은 평화 시기가 아니다. 일촉즉발의 위기 상황인 현 대륙의 정세에는 시와 노래를 사랑하는 군주는 필요 없다.

레오 4세는 현 정세에 전혀 어울리지 않는 군주다.

대륙의 국가들은 축적된 힘을 주체하지 못하고 외부로 분출하려 하고 있었다. 당장 벨루시 왕국만 해도 로테야드 제국이 멸망한 후 북방대륙의 패자로 급부상한 아스란 제국을 비롯한 주변 3개국과 크고 작은 영토 분쟁을 벌이고 있는 중이었다.

상황이 이러다 보니 귀족들이 주변국들에게 음유시인 왕이라고 놀림 받는 레오 4세를 못마땅하게 여기는 것도 어쩌면 당연하다고 할 수 있다.

귀족들은 레오 4세 대신 자신들을 보호해 줄 실력자가 필요했다.

　그들이 찾아낸 실력자가 바로 탈란 영지의 영주 하인리히 후작이다.

　"하인리히 후작은 벨루시 왕국에 단 두 명뿐인 소드 마스터이자 탁월한 전략가로 알려져 있습니다."

　하인리히 후작의 영지는 아스란 제국과 국경을 맞대고 있는 탈란 영지다.

　그는 자신의 명성이 헛되지 않았음을 아스란 제국과의 두 번에 걸친 국지전에서 승리함으로써 증명했다.

　레오 4세의 친아우인 막시밀리안 공작은 하인리히 후작과 마찬가지로 소드 마스터다.

　귀족파들이 하인리히 후작을 정점으로 뭉쳤다면 국왕에 충성을 다하는 귀족들은 막시밀리안 공작을 중심으로 연합했다.

　이 세력이 바로 왕당파로 왕당파의 구성원은 대부분이 왕족이거나 왕족의 직계 혹은 방계 귀족이다.

　"막시밀리안 공작님은 천성이 호탕하고 권위를 앞세우지 않는 털털한 성품의 소유자라고 알려져 있습니다. 그래서 선왕 폐하가 붕어하셨을 당시 귀족들은 레오 4세 폐하보다는 막시밀리안 공작님이 왕위를 계승하길 진심으로 바랐다고 합니다.”

루돌프 자작의 이야기가 끝나자 준혁이 말했다.

“지금 우리는 폭풍 앞에 놓인 작은 촛불과 같은 신세입니다. 그러니 누군가를 보내 막시밀리안 공작에게 도움을 요청하는 것이 좋겠습니다.”

“당연히 하지요. 아!”

루돌프 자작은 무언가 깨달았는지 손뼉을 쳤다.

“왜 지금까지 그 생각을 못했는지 모르겠습니다. 어머니는 막시밀리안 공작님의 질녀되십니다. 결혼을 하지 않으신 공작님께서 제 어머니를 무척 귀여워 하셨다고 들었습니다. 어머니께서 마법에 걸리신 후 치료를 위해 많은 도움을 주시기도 하셨고요. 어쨌든 어머니의 청이라면 절대로 거절하지 않으실 겁니다. 그리고 일전의 일도 해명해야 하기도 하고요.”

일전의 일이란 클라라 부인이 루돌프 자작의 작위를 무효화시켜 달라는 청원을 올린 사건을 말한다.

“날이 밝는 즉시 어머니께 막시밀리안 공작이 머물고 계시는 벨루시아로 떠나도록 말씀 드리겠습니다.”

벨루시아는 벨루시 왕국의 수도다.

준혁도 루돌프 자작의 말에 동의했다.

사실 어떤 방법이든 상관없다.

던전의 비밀을 완벽하게 자신과 김성찬의 것으로 하기 전까지만 시간을 벌면 된다고 생각했다.

하지만 그전에 우선적으로 풀어야 할 문제가 한 가지 있었다.

"부인께서는 전쟁에 대해 모르시고 계시지 않습니까?"

준혁의 지적이 당혹스러웠는지 루돌프 자작이 머리를 채신머리없이 벅벅 긁으며 대답했다.

"어차피 언젠가는 고해야 할 일이었습니다. 그러니 말씀드려야죠. 많이 놀라시겠지만 어머니도 귀족의 영애이십니다. 영지의 소중함과 영지민에 대한 책임감은 누구 못지않게 강하십니다."

마법에 걸려 평생을 꼽추 마법사를 사랑했어도 귀족은 귀족이란 이야기다.

준혁은 당장에라도 클라라 부인의 방으로 가려는 루돌프 자작에게 말했다.

"클라라 부인께 청을 드릴 때 던전 이야기는 하지 않는 것이 좋겠습니다."

"왜입니까? 사실을 알려드리는 것이 공작님을 설득하는 데 더 도움이 될 텐데요."

"벨루시아에도 하인리히 후작의 귀와 눈이 있을 것입니다.

막시밀리안 공작이 던전의 존재를 알고 있다는 사실을 하인리히 후작이 알게 되어 득이 될 일은 없습니다."

"그렇군요. 그렇게 하겠습니다. 그럼 지금 당장 어머니를 찾아뵙겠습니다."

루돌프는 바로 어머니 클라라 부인을 찾았다.

루돌프 자작의 설명을 들은 클라라 부인은 우선 놀랐고 크게 분노했다.

"그 모든 일 뒤에 저 악독한 하인리히 후작이 있었다는 말입니까?"

"그렇습니다, 어머니. 보핑겐 자작이 하인리히 후작의 금고란 사실은 잘 알려진 사실이니까요."

"알겠습니다. 내, 내일 날이 밝는 대로 당장 벨루시아로 떠나겠습니다. 모르긴 몰라도 막시밀리안 공작님이 제 청을 거절하시지는 않으실 겁니다. 그러면 저 무도한 보핑겐 자작의 목을 딸 수 있겠지요. 영주는 걱정 말고 영지민들이 놀라지 않게 잘 다독거려주세요."

루돌프 자작은 씁쓸함을 감출 수 없었다.

클라라 부인은 현 상황이 어디까지나 보핑겐 자작의 야욕에 의한 영지전 정도로 인식하고 있었다. 더불어 보핑겐 자작이 이미 죽었다는 사실도 몰랐다.

준혁의 지침을 받아 사건을 축소해서 이야기한 탓이긴 해도 어머니에게 거짓말을 했다는 사실이 씁쓸했다.

'과연 잘하는 짓일까?

준혁 일행을 만나고 나서부터 세상이 변하고 있었다. 주변의 모든 일이 자신의 의지와 상관없이 흘러가고 있다는 기분은 그리 좋지 않았다.

더 문제는 달리 방법이 없다는데 있었다.

루돌프 자작은 자신의 처지가 비가 내린 후 불어난 계곡물에 휩쓸린 작은 낙엽 같다고 생각했다.

Chapter 51
하인리히 후작

　장인이 검은 흑단으로 정교하게 만든 의자에서 일어난 하
인리히 후작은 차가운 눈빛으로 회의실을 가득 채운 귀족들
을 내려다보았다.

　웃는 얼굴로 술잔을 부딪치며 서로를 가식적으로 칭찬하
고 있던 귀족들의 시선이 일제히 하인리히 후작에게 쏠렸다.

　'버러지들……'

　하인리히 후작은 그런 귀족들이 하나같이 죽은 고기를 탐
하는 콘도르나 하이에나 같다고 생각했다.

　그러나 하인리히 후작은 그런 기분을 겉으로 내색하지 않

왔다.

썩은 시체를 탐하는 탐욕스러운 돼지들은 아직은 더 우리에 갇혀 있어야 했다. 그들은 아직 할 일이 있었다.

귀족들을 돌아본 하인리히 후작은 단도직입적으로 결론부터 말했다.

"포돈 공략은 실패로 돌아갔습니다."

"……"

"……"

소란스러웠던 연회장이 쥐 죽은 듯 조용해졌다.

하인리히 후작은 더 이상 설명하지 않고 그런 고요를 즐겼다. 귀족이 실망하는 순간이 하인리히 후작에게 가장 기쁜 순간이었다.

아쉽지만 침묵은 그리 오래가지 않았다.

한 돼지같이 뚱뚱한 귀족이 소리쳤다.

"말이 됩니까? 기사가 무려 100명이 동원된 작전에 실패라니요."

그 귀족의 말을 시작으로 성토가 이어졌다.

평생을 명령만 내리고 살아온 귀족들은 남의 설명을 들을 생각도, 의지도 없었다.

그들은 그저 평소의 습관대로 자신들이 하고 싶은 이야기를 할 뿐이었다.

"중갑기병과 경기병을 합하면 무려 270기의 기마대입니다."

"포돈에는 겨우 기사가 4명뿐이라고 들었습니다만……."

"병사는 60명이라고 했지요."

"무지렁이 농노들까지 끌어모아도 100명, 아니, 200명."

"농노를 뺍시다. 농노에게 무기를 들려주다니요. 대륙 역사에 그런 경우는 없었습니다."

"하긴… 워낙에 어이가 없어서 해본 말입니다."

되는대로 떠들던 귀족 중에서도 머리가 달린 인간은 있었다.

남들보다 머리 하나는 큰 키를 자랑하는 귀족이 하인리히 후작에게 소리쳤다.

"실패라곤 해도 필시 실수나 우연, 천재지변에 의한 사고였을 터, 다시 공략하면 될 것 아닙니까? 후작 각하."

멍청한 양이 수염 난 염소를 따르는 것처럼 멍청한 귀족들이 그 귀족의 말에 찬성했다.

"그러고 보니 그렇습니다."

"별일도 아니었군요."

"괜한 소란이었습니다."

"보핑겐 자작이 자신을 돋보이게 하려고 괜한 장난을 친 게지요. 전멸이라니요. 그저 작은 손실이 있었겠지요."

"그럴 수도 있겠군요. 아무래도 보핑겐 자작은 돈은 많다 하지만 특별히 내세울 혈통이 없으니 말입니다."

"피가 진하지 않으면 인간으로서의 무게가 떨어지는 법. 역시나……."

"그건 그렇고 오늘 와인이 별로군요."

"아무래도 탈란 영지가 변방이다 보니 좋은 와인을 구하기가 힘들었겠지요."

"그래도 고귀한 우리들을 모아놓고 이따위 쓰레기를 내놓다니……."

"이런 말을 해서 안됐지만 하인리히 후작의 피도 연하지요."

"어쩔 수 없군요. 우리가 이해하는 수밖에……."

"얼마 전에 아스란 제국의 백작 각하가 보내주신 와인을 가져올 것을 그랬군요. 천상의 맛이었습니다."

"하, 아스란 제국의 백작 각하께서 와인을? 어떻게 그런 분과 인연을 맺으셨습니까?"

"허허허, 그렇게 됐습니다. 왜, 관심이 있으십니까?"

"당연하지요. 당연합니다."

"그럼 저녁에 제 숙소로 오시지요. 물론……."

"당연히 성의는 표시하겠습니다. 하하하."

"하하하하."

"하하하하."

귀족들의 관심이 순식간에 포돈에서 와인으로, 와인에서 아스란 제국으로 옮겨갔다.

귀족들이 마음껏 떠들게 놔두던 하인리히 후작이 비릿한 미소를 지으며 다시 입을 열었다.

"100명의 기사 중 살아남은 기사는 단 한 명뿐이오. 또한 중갑기병과 경기병도 살아남은 이가 없소."

"……."

"……."

"……."

이번 침묵은 처음보다 조금 더 길었다.

하인리히 후작은 귀족들이 떠들기 전에 다시 입을 열었다.

"오늘 아침 보핑겐의 기사단장인 라인하트 경이 보낸 전령이 도착했습니다. 보고에 의하면 기사뿐만이 아니라 보핑겐 자작도 전사했습니다. 한마디로 완벽한 패배입니다."

보고받은 보핑겐 자작의 사인은 정확히 말해 '불명'이었다.

하지만 하인리히 후작은 보핑겐 자작의 죽음을 '전사'라고 표현했다.

사실 무슨 상관이랴 싶었다.

여기 있는 돼지 귀족들과 달리 보핑겐 자작은 스스로의 손을 더럽혔고 그 과정에서 죽었다.

도망치다 이유도 모르고 살해당했다는 불명예를 안기보다는 존중받을 가치가 있는 사람이다.

보핑겐 자작 역시 돼지일 뿐이라고 해도 그 사실은 변하지 않았다.

귀족들은 하인리히 후작의 마음도 모르고 제멋대로 떠들어댔다.

"어찌 그런 일이……."

"나도 믿기지 않지만 그런 일이 벌어졌습니다."

"260기의 기마돌격을 무지렁이 병사 일이백 명이 막아냈다는 말을 믿으란 말입니까?"

"사실입니다. 그리고 적은 500명이었습니다. 어쨌든 공략은 완벽하게 실패로 돌아갔습니다."

"500명이라도 그렇지……. 이쪽은 기마대뿐만 아니라 병사도 1,000명이 있지 않았습니까? 혹시 정보가 새어 나가 막시밀리안 공작이 손을 쓴 것 아닙니까?"

"제가 받은 보고는 간단합니다. 포돈 영지는 아이부터 노인까지 모두 500명의 병력을 긁어모았고 그 병력으로 보핑겐 영지에 대항해 단 한 번의 전투만으로 완벽하게 승리했습니다.”

“…….”

믿기지 않지만 사실이라는 하인리히 후작의 설명은 귀족들을 반쯤은 공황상태로 빠뜨렸다.

하인리히 후작은 귀족들의 상태를 즐기다가 말했다.

“놀랍지만 계속 놀라고 있을 수만은 없습니다. 대책을 세워야 합니다.”

“어떤 대책을 말씀하시는 겁니까.”

“당연히 2차 원정이지요. 여러분은 피오다이나 상단과 맺은 협약을 잊지 않으셨겠지요?”

귀족들이 고개를 끄덕였다.

피오다이나 상단과 맺은 계약을 파기하는 일은 곧 멸망을 의미했다.

계약은 어떤 방법을 써서라도 이뤄져야 했다.

“모두 알고 계시겠지만 난 이번 원정에 50명의 기사를 제공했습니다. 그리고 그 기사 전부를 잃었습니다. 다음 원정에는 여러분들이 병력을 제공해 주서야겠습니다.”

“그야…….”

“그래야겠지요.”

“뭐, 어쩔 수 없지요.”

“큼. 그래야 하겠군요.”

　귀족들은 어쩔 수 없다는 듯 하인리히 후작의 말에 동의했다.

　실패한 첫 번째 원정에서 귀족들은 말만 앞섰을 뿐 한 명의 병사도 내놓지 않았다. 그들이 내놓은 것이라고는 약간의 군량미와 돈뿐이었다.

　하지만 이번에도 그럴 수는 없었다.

　하인리히 후작이 잃은 50명의 기사는 1개 백작령에서 보유한 기사의 수와 같았다. 탈란 영지에서 더 이상의 기사를 빼낸다면 이빨을 드러내고 호시탐탐 벨루시 왕국을 노리고 있는 아스란 제국의 마수를 막을 길이 없었다.

　결국 귀족들이 각기 영지 사정에 맞추어 기사와 병사들을 각출하기 시작했다.

　하인리히 후작은 그런 그들을 마음껏 비웃었다.

　'돼지 같은 놈들…….'

　귀족들은 모르고 있지만 하인리히 후작이 보낸 기사들은 모두 정규 기사가 아니었다. 그들은 기사의 시종이거나 중갑 기병, 그리고 용병들로 이뤄진 가짜 기사에 불과했다.

　'그렇다고는 해도 포돈 영지에 그런 전력이 있었다니……. 정말 놀라워. 어떤 역사서에도 500의 보병으로 270기의 기마 돌격을 막은 경우는 나와 있지 않아. 어쩌면 계획을 바꿔야 할지도…….'

하인리히 후작은 고민에 빠졌다.

그리고 그 고민은 귀족들이 무려 300명의 기사와 500의 중 갑기병을 내놓기로 결정하는 순간까지 이어졌다.

*   *   *

하인리히 후작의 집무실은 그의 성품을 알려주듯이 간결하고 단출했다.

그가 방으로 들어가자 시종이 달려와 입고 있던 갑옷을 벗겨주었다. 시종은 벗은 갑옷을 정리한 후 와인 한 잔을 가져다주며 말했다.

"손님이 기다리고 계십니다."

"모셔라."

잠시 후 형형색색 화려한 비단옷을 광대처럼 칭칭 둘러 감은 비대한 남자가 시종의 안내를 받아 방으로 들어왔다.

남자는 하인리히 후작에게 살짝 목례를 한 후 소파에 앉았다.

삐걱.

단단한 흑단으로 만든 소파가 남자의 몸무게를 이기지 못하고 비명을 질렀다.

"소식은 들었습니다. 후작 각하."

이상하게도 남자의 각하라는 존칭에서 비릿한 비웃음이 느껴졌다.

하지만 하인리히 후작은 별로 불쾌하게 생각하지 않았다.

남자는 피오다이나 상단 본부에서 왔다.

피오다이나 상단 본부 소속이란 이름만으로 남자는 충분히 거대한 권력을 가지고 있었다.

하인리히 후작은 남자의 맞은편에 앉으며 물었다.

"알고 계시다니 이야기가 쉽겠군요. 이번에는 얼마를 내놓으시겠습니까?"

원정에 따른 군자금을 내놓으라는 이야기다. 그 돈은 용병기사를 고용하는데 사용할 것이다.

남자가 늘어지게 하품을 했다.

"날씨가 포근해서인지 잠이 오는군요, 후작 각하. 그런데 돈을 내기 전에 한 가지 의문에 대한 대답을 듣고 싶군요."

"말해보시오."

"이번 원정에 후작께서 내놓으신 기사 50명이 정규기사가 아니란 이야기가 제 귀에 들리더군요. 사실입니까?"

하인리히 후작은 별로 고민하지도 않고 고개를 끄덕여 질문에 긍정했다.

피오다이나 상단의 정보력은 대륙최강이다. 그들에게 어설픈 거짓말은 오히려 화를 불러올 뿐이다.

"맞소이다. 포돈에 기사는 불과 4명. 그나마 그중 두 명은 객원 기사요. 대답이 되었소?"

남자는 핑크빛 두툼한 손가락으로 코를 후비며 말했다.

"하긴 그런 코딱지만 한 영지에 100명의 기사를 투입하는 일은 돈지랄이지요. 아스란 제국이 송곳니를 내밀고 호시탐탐 노리고 있는 상황에서는 더욱 그렇겠지요. 어쨌든 결과는 놀랍게도 처참한 패배였습니다. 결과적으로 후작 각하의 선택이 틀렸다는 의미가 될 수도 있을 테지요."

"내 명성쯤은 상관없소. 난 당신이 나와 한 계약을 잊지 않기만 바랄 뿐이요."

"당연합니다. 어차피 죽을 목숨 1차에 죽으나 2차에 죽으나 아무 상관없겠지요."

남자가 소파 등받이에 몸을 기댔다.

삐걱!

하인리히 후작은 갑자기 남자의 몸무게가 궁금해졌다.

"이번 패배의 원인에 대해 알고 있는 정보가 있소?"

"500명의 병사가 모두 궁수였습니다. 즉 패배의 원인은 활입니다."

"활? 석궁이라도 사용했다는 말이요?"

석궁은 북방대륙의 각 국가 간 조약에 의해 금지된 무기다. 이유는 간단하다. 지배층인 귀족, 특히 기사에게 치명적인 위력을 발휘하기 때문이다.

남자가 다시 손을 코로 가져갔다.

하인리히 후작은 저 콧속에 얼마나 많은 코딱지가 있을지 궁금해졌다.

"석궁을 사용한 흔적은 없습니다. 그저 활일 뿐이었지요. 좀 크긴 했지만……."

"……."

아무리 머리를 굴려 봐도 기사가 입은 풀 플레이트 갑옷을 뚫을 수 있는 활의 존재를 기억해낼 수 없었다.

남자가 파낸 코딱지를 두툼한 손가락으로 둥글게 말았다.

"뭐… 상관없겠지요. 이번 원정대의 숫자는 500명의 궁수가 막을 수 있는 성질의 것이 아니니까요."

당연하다.

석궁과 같은 위력을 발휘하는 활이 있다는 소식은 놀라웠지만 그뿐이다.

몰랐으면 몰라도 알고 난 후 똑같은 방법으로 당할 멍청한 지휘관은 없다. 하다못해 방패라도 하나 들면 활에 의한 피해는 기하급수적으로 줄어든다.

말이 문제면 말을 타지 않으면 된다.

300의 기사와 500의 중장기병에 더해 피오다이나 상단의 돈으로 고용할 같은 숫자의 기마대와 활을 든 500의 궁수의 대결은 처음부터 말이 되지 않는 불공평한 대결이다.

'지휘관이 돼지 귀족들이라면 몰라도…….'

남자는 둥글게 말은 코딱지를 소파 아래 붙이고 자리에서 일어나며 말했다.

삐걱!

"이 또한 계약이니 돈은 얼마든지 지불하지요. 대신 한 가지 조건이 있습니다."

"말씀하시오."

"후작께서 직접 이번 원정대의 대장을 맡아주십시오."

"……."

하인리히 후작은 남자의 눈을 바라보았다.

남자의 눈은 초점 없이 흐릿해서 속마음을 알아채기 힘들었다.

달리 거절한 명분이 없었다. 아니, 그가 말하지 않아도 이미 하인리히 후작은 자신이 직접 원정에 나설 생각이었다. 그래야 귀족들도 같이 따라나설 것이기 때문이다.

"알았소."

"감사합니다. 그럼 이만……."

남자가 방을 나갔다.

하인리히 후작은 창문으로 다가가 먼 하늘을 바라보았다.

그의 시선 방향에는 벨루시 왕국의 수도 벨루시아가 있

었다.

하인리히 후작은 조용하게 독백했다.

"막시밀리안, 우리가 잘하고 있는 걸까?"

대답이 들릴 리 없다.

그렇지만 하인리히 후작은 대답을 들은 기분이 들었다.

그도 그럴 것이 막시밀리안 공작과 하인리히 후작은 서로 말하지 않아도 속마음을 알아차릴 수 있는 유일한 친구이자 동료였다.

Chapter 52
친구

두 사람의 인연은 30년 전으로 거슬러 올라갔다.

한창 혈기 왕성했던 하인리히는 어느 날 갑자기 사라진 마법사 중 남은 잔당들을 섬멸하고 있었다.

그러던 어느 날, 하인리히는 일단의 마법사가 화전민 마을 하나를 몰살하고 깊은 산속으로 도망친 흔적을 발견했다.

분노와 공명심에 불탄 하인리히는 주변 동료 몇 명을 끌어모아 그들과 함께 마법사들을 뒤쫓기 시작했다.

저 서클 마법사 몇 명쯤은 자신과 동료 정도로 충분하다 여겼기 때문이다.

그런데 결과적으로 하인리히의 판단은 틀린 것이었다.

마법사들은 하인리히 일행의 추적을 눈치채고 있었다.

그들은 마법을 사용해 발자국을 지워 자신들의 숫자를 속였다.

고위마법사가 사라졌다는 심리적인 효과는 하인리히의 경계심을 해제시켰고 덕분에 마법사들의 노림수는 보기 좋게 성공했다.

별 주의 없이 추적을 계속하던 하인리히 일행은 이름 없는 깊은 계곡에서 마법사들의 매복 공격을 받았다.

불과 물과 얼음과 바람의 칼날이 하인리히 일행의 머리에 쏟아졌다.

흙과 돌과 나무가 일행의 움직임을 방해했다.

실력이 별로였던 동료들이 첫 번째 공격에서 모두 죽었고 어느 정도 실력자들도 두 번째 공격을 견디지 못했다.

살아남은 사람은 단 한명, 하인리히뿐이었다.

마법사들이 다시 공격을 준비하는 주문을 외우자 하인리히는 죽음을 각오했다.

바로 그때 그가 나타났다.

남들보다 머리 하나는 큰 하인리히보다 더 큰 남자. 그는 마법사들의 등 뒤에서 나타나 그들을 도륙하기 시작했다.

하인리히도 그저 보고만 있지는 않았다.

정신을 차리고 절벽 위로 뛰어 올라간 하인리히는 남자를
도와 마법사들의 목을 벴다.

─기사와 마법사의 전투의 승패는 거리가 좌우한다.

오래된 금언이 사실로 드러났다.
근접한 두 명의 기사의 공격을 마법사들은 막아내지 못했
다.
불과 몇 분 만에 전투가 끝났고 마법사들은 차가운 대지에
몸을 뉘었다.
남자 덕분에 목숨을 구한 하인리히는 정중하게 감사를 표
했다.
"구함을 받았습니다. 정말 감사드립니다."
그런데 돌아온 대답은 황당했다.
"말로만?"
"……."
놀란 하인리히가 말을 잇지 못하자 남자가 딱딱한 얼굴로
다시 물었다.
"너, 말뿐인 남자냐?"
"……."
남자의 말에는 가늠하기 힘든 무게가 실려 있었다.

그 무게에 짓눌린 하인리히는 정중하게 다시 물었다.

"아… 아닙니다. 내가 어떻게 해야 합니까?"

그러자 남자가 퉁명스럽게 대답했다.

"내 것이 되어라."

"……?! 이… 미친……."

아무리 좋게 이야기한다 해도 결코 성격이 좋다고는 말 못하는 하인리히다. 하인리히는 어떤 쪽이냐면 오히려 개차반 쪽에 가까운 성격의 소유자였다.

하인리히는 '내 것' 이 되란 남자의 말을 듣는 순간, 감사의 마음을 버렸다.

그리고 '이 자식이!' 하고 소리쳤다.

분노한 하인리히는 검을 빼 들었고 남자와 반나절을 싸웠다.

숨이 턱에 차고 검을 든 팔에 경련이 일어날 때까지 승부는 나지 않았다.

두 사람은 검을 던져 버리고 주저앉았다.

남자는 끝까지 빈정거림을 버리지 않았다.

"너, 대단하구나?"

"끝까지 반말 짓거리야."

"난 그래도 돼. 아니, 그럴 수밖에 없어."

"웃기지 마. 난 몰락했긴 했지만 어엿한 남작가의 둘째다.

일반 기사 나부랭이가 아니란 말이다."

"크크크크, 그럼 아무것도 아니라는 이야기네. 너야 준남
작 작위를 받겠지만 네 아들은 평민이잖아. 앞으로 몇 년이면
사라질 명예를 들먹이는 것을 보니 너도 한심하구나."

"……."

사실이다.

사실이기에 더 열 받는다.

그래서 하인리히는 쏘아붙였다.

"그럼 넌 뭐냐? 왕족의 씨앗이라도 된다는 말이냐?"

남자가 허허롭게 고개를 끄덕였다.

"그래."

"……."

얼마나 놀랐는지 하인리히는 하마터면 뒤로 넘어질 뻔 했
다. 그 모습을 보고 크게 웃은 남자가 말했다.

"남들은 날 왕제(王弟)라고 불러."

국왕 레오 4세에게는 한명의 동생이 있다.

그의 이름은…….

"……?!! 그럼 당신이… 아니, 자네가… 아니… 크윽…….
막시밀리안 공작각하! 소신 죽을죄를 졌습니다."

하인리히는 이마를 땅에 처박고 잘못을 빌었다.

그러자 막시밀리안 공작이 웃으며 물었다.

“정말 죽을죄를 졌느냐?”

“네? 네…….”

“그럼 어떻게 하겠느냐.”

“당신이 것이 되겠습니다.”

“싫어.”

왕족들은 성격이 나쁘다더니 정말 그랬다.

충실한 국왕의 신하라 자부하는 하인리히는 정말로 이젠 이 자리에서 죽나 싶었다.

그런데 이어진 말이 놀라웠다.

“처음에는 널 부하로 삼으려 했는데 이젠 아냐.”

“…….”

“너, 내 친구가 되라.”

“친구라고요?”

“친구끼리 존댓말을 하는 경우도 있냐?”

“…….”

“싫어?”

“아니요. 아니. 좋습니다. 아니… 좋아.”

이쯤 되면 거절할 수도 없다. 상대는 왕의 동생이다.

하인리히는 내친김에 반말까지 내뱉었다.

그런 하인리히를 보며 막시밀리안 공작이 웃었다.

유난히 고르고 하얀 이빨이 햇빛에 빛나 반짝거렸다.

"하지만 우리가 친구란 사실은 비밀이야. 우리 둘이 있을 땐 반말을 해도 혹시나 다른 사람이 있는 자리에서는 존대를 해야 한단 말이야. 널 무시하거나 해서 하는 말이 아냐. 빌어먹을 귀족들의 눈 때문이야."

"그렇겠지……."

그렇게 두 사람은 친구가 되었다.

나이에 비해 탁월한 검술 실력을 가진 두 사람은 서로에게 자극받으며 실력을 연마했고, 그렇게 두 사람 모두 나이 50이 되기 전 소드 마스터가 되었다.

소드 마스터가 굴러다니는 돌멩이가 아닌 이상 당연히 하인리히도 후작의 작위를 받고 변경백이 되었다.

하인리히가 후작이 되던 날 밤 몰래 찾아온 막시밀리안 공작이 물었다.

"넌 벨루시의 미래에 대해 어떻게 생각해?"

"15년."

"나보다 후하게 쳐줬네. 난 10년쯤으로 봤는데……."

"……."

막시밀리안 공작은 벨루시를 정말로 사랑했고 형인 레오 4세를 진심으로 존경했다.

그런 그가 벨루시의 멸망을 10년 후로 못 박았다.

하지만 하인리히 후작은 막시밀리안 공작의 말이 맞다는 사실은 이미 알고 있었다. 하인리히 후작이 말한 15년 중 5년은 그의 희망이 포함된 기간이었다.

"난 벨루시가 멸망하는 걸 볼 수 없어."

"나도 마찬가지야."

"그래서 말인데……. 먼저 아스란 제국에 줄을 대고 있는 귀족들을 솎아내야겠어."

막시밀리안 공작의 그 말 때문에 하인리히는 귀족파의 수장이 되었다.

귀족들을 등에 업은 하인리히 후작은 사사건건 막시밀리안 공작의 정책에 반대했다.

막시밀리안 공작의 정책이 대부분 귀족들에게 유리하고 백성들에게 불리한 내용이었지만 아무 상관없었다.

밀약에 따라 막시밀리안 공작은 못마땅한 기색을 팍팍 풍기며 하인리히 후작의 주장에 조금씩 힘을 실어주었다.

왕족의 힘을 약화시키는 데만 관심이 있었던 귀족들은 하인리히 후작의 정치력에 찬사를 보냈다.

그렇게 반대를 위한 반대만을 한 결과는 놀라웠다.

벨루시 왕국은 대륙 전역의 어떤 나라보다도 귀족의 힘이 약해지고 평민과 상인의 힘이 강한 나라가 되었다.

귀족들은 스스로 자신의 살을 도려낸 것이다.

강했던 귀족들의 힘을 어느 정도 줄이는데 성공한 막시밀리안 공작은 다음 단계로 넘어갔다.

"이제 귀족들을 모았으니 쳐내야지."

"어떻게?"

"얼마 전 피오다이나 상단에서 날 찾아왔어. 포돈 영지에 상단 본부를 세우고 싶다는 제안을 하더군."

"포돈에 본부를?"

"……."

하인리히 후작은 경악했다.

막시밀리안 공작은 아무 일도 아니라는 듯 쉽게 이야기했지만 피오다이나 상단이 벨루시 왕국 내부에 상단 본부를 세운다는 사실은 결코 쉽게 넘어갈 문제가 아니었다.

현제 피오다이나 상단의 본부는 대륙 유일의 자유도시인 볼트론 시에 있다. 볼트론 시는 북방대륙 최대의 항구도시로 아스란 제국의 수도보다 더 큰 규모를 자랑하는 상업도시이기도 했다.

그런데 피오다이나 상단이 벨루시 왕국에 본부를 세운다?

그들이 낼 막대한 세금만으로도 벨루시 왕국의 재정을 수십 번 가득 채우고도 남을 것이다.

하지만 정작 하인리히 후작을 놀라게 한 것은 세금 따위가 아니었다.

피오다이나 상단은 그 자체로 권력이다.

그들이 상단 본부를 세우는 순간 벨루시 왕국은 피오다이나 상단이라는 거대한 세력을 등에 업게 된다. 아스란 제국의 위협을 직접적으로 받고 있는 벨루시 왕국에게 피오다이나 상단은 천군만마와 같은 힘이다.

게다가 피오다이나 상단은 영토를 탐하지 않는다.

이렇게 좋아도 되나 싶을 정도로 기쁜 소식이다.

하인리히 후작은 황급히 되물었다.

"그래서 어떻게 할 건데?"

"한 가지 조건을 걸었어."

"……."

막시밀리안 공작이 내건 조건은 상상을 초월하는 것이었다.

"귀족 나부랭이들을 모아줄 테니 단칼에 쳐내달라고 했어."

차도살인지계.

스스로의 손에 피를 묻히지 않고 귀족들을 처리한다.

"물론 포돈 영지는 피오다이나 상단 직할령으로 넘겨주기로 하고……."

"그렇지만 포돈 영지는……."

막시밀리안 공작이 씁쓸한 표정으로 말했다.

"그래 포돈은 왕가의 방계 친척이지."

"괜찮겠어?"

하인리히 후작의 질문에 막시밀리안 공작이 허허롭게 웃었다.

"안 괜찮아. 하지만 어쩔 수 없어. 사보다는 공. 난 벨루시의 왕족이야."

"하지만 명분이 없는데……."

"신이 도우셨는지 마침 루돌프 자작이 영주의 자격이 없다는 클라라의 탄원이 올라왔어. 천운이라고 할 수 있지."

귀족의 작위는 왕이라도 함부로 빼앗을 수 없다.

기본적으로 왕 또한 귀족의 일원이기 때문이다.

이런 말도 안 되는 법이 생겨난 이유의 기저에는 마법사들이 있다.

마법사들은 국가의 조직과 상관없는 천상의 존재였다.

스스로를 신과 동일한 존재로 믿었던 마법사들은 인간 속세를 다스리는 세속적 직위를 귀족들에게 빌려주었다. 그리고 그런 귀족들의 대표자가 바로 왕이다.

때문에 왕의 자리는 영속적인 위치가 아니었다.

마법사들의 마음에 들지 않으면 언제라도 교체되는 일종의 명예직과 같았다.

마법사들이 사라진 후 북방대륙의 역사는 명예직인 왕의 자리를 공고히 하려는 왕족과 왕이 자신들보다 위에 있다는 사실을 인정할 수 없는 귀족간의 대립으로 점철되었다.

엄밀히 말해 막시밀리안 공작의 일련의 행동도 왕의 지위를 공고히 하기 위한 목적을 가지고 있다는 의미다.

하인리히 후작은 다시 물었다.

"클라라라면? 그… 마법사에게 홀렸다는……."

"그래, 평생을 더러운 꼽추 마법사만 사랑하게 된 불쌍한 내 질녀지."

"……."

평생을 결혼하지 않고 벨루시를 위해서만 살아온 막시밀리안 공작에게는 유달리 좋아하던 사존 여동생이 있었다. 그리고 그 여동생이 낳은 유일한 아이가 바로 클라라다.

막시밀리안 공작에게 있어 클라라는 딸과 다름없는 존재였다.

그런 사실을 잘 알고 있는 하인리히 후작은 막시밀리안 공작의 결정을 반대할 수 없었다.

막시밀리안 공작은 딸 같은 클라라를 버리면서까지 벨루시의 안녕을 꾀하고 있었다.

그렇게 첫 번째 포돈 영지 공략이 결정되었다.

계획은 단순했다.

우선 첫 번째 원정은 어떤 식으로든 실패로 돌아가야 했다.

그래야 두 번째 원정이 대규모로 꾸려질 것이고 하인리히 후작이 직접 나설 명분을 만들 수 있었다.

하인리히 후작이 직접 나서는 마당에 귀족들이 뒤로 뺄 수는 없었다.

귀족들은 소풍이라도 가는 기분으로 귀부인과 매춘부를 잔뜩 이끌고 원정에 참가할 터였다.

그리고 그렇게 모인 귀족들은 전쟁이라는 극한 상황에서 예기치 못한 불의의 사고를 당할 예정이었다.

그런데 계획에 착오가 생겼다.

보핑겐 자작의 죽음까지는 계획대로였지만 그 과정이 문제였다.

원래 보핑겐 자작은 첫 번째 전투에서 승리하고 포돈을 점령한 다음 피오다이나 상단에 의해 죽임을 당해야 했다.

하지만 보핑겐 자작은 피오다이나 상단에 의해서가 아니라 포돈의 자체 역량에 의해 패배했고 도망치다 죽었다.

포돈이 예상 밖의 전력을 보유하고 있거나 보핑겐 자작이 엄청난 멍청이란 증거다.

"휴우~"

하인리히 후작은 긴 한숨을 쉬었다.

자신의 생각이 틀렸다는 사실을 알고 있었기에 나온 한숨
이다.

포돈의 전력은 숨기려야 숨길 필요도 없는 허접한 수준이
었고 보핑겐 자작 또한 멍청이가 아니었다.

하인리히 후작이 알기로 보핑겐 자작은 매우 똑똑한 남자
였다.

'상관없으려나.'

포돈이라는 작은 시골 영지는 귀족들을 몰아내 벨루시 왕
국을 지키려는 대의명분에 비하면 너무도 하찮은 존재였다.

신이 도와 포돈 영지가 첫 번째 원정에서 살아남을 수 있었
지만 운은 두 번 반복되지 않아 운이라고 불린다.

계속되는 운은 운이 아니라 이미 실력이다.

"찝찝해."

결과는 같겠지만 과정이 틀어진 점이 못내 마음에 걸렸다.

그래도 달라질 것은 없었다.

포돈의 멸망은 이미 정해진 운명이었고 그 운명을 거스를
수 있는 변수는 전혀 없었다.

Chapter 53
비공정 해르모르수

　태풍이 불어오기 직전의 고요가 포돈 영지를 휘감고 있었
다.

　클라라 부인이 수도로 떠나자 루돌프 자작은 기사들을 데
리고 험준한 산으로 들어갔다.

　단지 훈련을 위한 산행은 아니었다.

　기사들은 훈련을 겸해 산의 짐승들을 사냥했다.

　사냥감들은 포돈 성으로 옮겨졌다.

　영지민들은 불안감을 애써 감추며 사냥한 짐승들의 고기
를 말려 육포를 만들고 수확한 밀을 갈아 말려 볶아 오래 보

존할 수 있는 식량을 만들었다.

이 모두가 다음 전쟁에서 살아남기 위한 몸부림이었다.

그런 영지민들을 지켜야 할 병사들의 각오는 남달랐다.

그들은 손에 피멍이 들다 못해 살갗이 벗겨져 나가 붉은 살점이 드러나도록 활시위를 당기고 또 당겼다.

아르쥬도 보핑겐 영지로 떠나고 준혁과 김성찬은 던전으로 들어갔다.

"우리가 찾은 비밀 이외에 더 큰 비밀이 던전에 숨어 있는 것 같아."

준혁은 아르쥬와의 대화에서 느꼈던 의문점을 김성찬에게 털어놓았다.

"이 장치보다 더 큰 비밀이 있다고?"

김성찬이 검은 돌덩어리를 가리키며 물었다.

두 사람은 초등학교 교실 두 개를 이어 붙인 크기의 장방형 방에 서 있었다.

이 방은 준혁과 김성찬이 던전을 샅샅이 뒤져 겨우 찾아낸 비밀 공간으로 방의 중앙에는 사방 1m 정도 되는 직사각형 모양의 검은 바위가 덩그러니 놓여 있었다.

준혁은 검은 돌을 어루만지며 말했다.

"그래, 이놈보다 더."

부우우웅.

그의 손놀림 따라 검은 돌의 표면에 기하학적 문양이 푸른 빛으로 생겨났다 사라졌다.

김성찬에게 설명은 들었지만 이 장치의 기능은 솔직히 지금도 믿기지 않았다.

검은 돌의 정체는 텔레포트 장치다.

그리고 기하학적 문양은 고대어라고 했다.

이 고대어는 표음문자와 표의문자의 특성을 모두 가지고 있었고 마법사는 이 문자들을 조합해 장치를 가동해 인간을 대륙 전역에 있는 또 다른 텔레포트 장치로 이동시킬 수 있다.

"아르쥬의 말에 의하면 이 텔레포트 장치는 30년 전까지만 해도 흔했다고 해. 피오다이나 상단에 마법사들이 있다면, 혹은 그 마법사들이 피오다이나 상단의 실질적 주인이라면 이 정도 장치는 이미 가지고 있다고 봐야지."

"듣고 보니 그렇긴 한데……. 그래서 이 던전에 우리가 찾아 내지 못한 비밀의 장소가 있다? 그럼 혹시……."

뭔가 집히는 장소가 있는지 김성찬의 표정이 변했다.

"혹시 짚이는 장소가 있어?"

"응……. 확실하진 않지만 네 말을 듣고 보니 한 군데가 생각나긴 해."

"어딘데?"

“네가 병사들을 훈련시킬 때 난 혹시 놓친 것이 없을까 싶어 던전 구석구석을 다시 살폈어. 그러다 던전의 가장 깊숙한 곳까지 갔게 되었지. 기억 안 나? 체육관. 너도 갔었잖아.”

“기억 나.”

두 사람이 체육관이라고 이름 붙인 장소는 문자 그대로 실내체육관만 한 크기의 빈 지하 공동이었다.

“그곳에서 난 스승의 흔적을 발견했어.”

“흔적?”

“그래, 흔적.”

“무슨 흔적인데?”

“먹다 남은 음식찌꺼기와 말라비틀어진 배설물 따위였지.”

“크……..”

마법 주문이나 비밀의 문을 기대했던 준혁은 실망했다.

“난 스승이 체육관에서 마법 수련을 했다고 생각했어. 그래서 나도 그곳에서 수련을 하기로 결정했지.”

“그야…….”

“그런데 네 말을 듣고 보니 조금 생각이 달라졌어. 혹시 스승은 그 장소에서 마법 수련을 한 것이 아니라 뭔가를 찾고 있었던 것이 아닐까?”

“……..”

듣고 보니 김성찬의 말도 일리가 있다.

음식물 찌꺼기는 그렇다 쳐도 수련하는 장소에 배설물을 싸갈기는 것은 분명 이상했다.

"화장실을 가는 시간마저 아까울 만큼 중요한 뭔가가 체육관에 있다고 생각해도 큰 무리는 아니겠지."

"가보자."

두 사람은 즉시 체육관으로 향했다.

"텔레포트 장치는 전부 파악했어?"

"응. 그런데 대부분 목적지에서 승인 신호가 들어오질 않네."

텔레포트 장치는 우선 가고자 하는 목적지에 신호를 보내고 이상이 없다는 신호를 받으면 그제야 작동을 시작한다.

때문에 반대편에서 승인신호가 돌아오지 않는다는 말은 다시 말해 반대쪽 텔레포트 장치에 이상이 있다는 소리다.

"아르쥬 말대로 다 파괴되었나 보지."

"그래도 몇 개는 살아남은 것이 있어. 목적지가 어딘지 확인은 못해봤지만."

"그 장소가 어딜까?"

"권력자들이 가지고 있다고 생각하는 것이 맞겠지."

"혹시 그들도 가지고 있을까?"

"누구? 마법사들?"

"그래, 유라를 데리고 있던 마법사들."

"유라를 데리고 있는 마법사들이라고? 아마도 그렇겠지. 어쨌든 그들은 마법을 사용할 수 있는 유일한 집단이니까."

"과연 그럴까?"

"무슨 소리야. 그럼 그들 이외에 또 다른 집단이 있다는 말이야?"

"피오다이나 상단."

"피오다이나 상단은 마법사들 것일 확률이 99퍼센트잖아."

"하지만 형이 말했던 대로 피오다이나 상단은 기존의 마법사들이 사용하는 마법과 전혀 다른 마법을 사용하기도 해."

"……."

준혁은 결론을 말했다.

"난 정말로 흑마법사가 있다는 생각이 들어."

"그럼……."

"흑마법사들이 마법사들을 쫓아낸 거란 이야기야."

"흠. 그럴 수도 있겠지. 아니, 네 생각이 맞는 것 같다. 그런데 흑마법사들은 어디서 튀어나온 거야. 북방대륙의 역사, 아니, 토라의 역사 전체를 통틀어서 흑마법사 이야기는 한 군데도 안 나와."

최근 토라의 역사서를 탐독했던 준혁도 김성찬의 말이 옳다는 사실을 알고 있었다.

그럼에도 불구하고 준혁은 고개를 저었다.

"아니……. 우린 이미 흑마법사 한 명을 알고 있어."

준혁은 손가락으로 구불구불 이어진 던전 전체를 가리키며 말했다.

"바로 이 던전의 주인이었던 형의 스승."

"……."

김성찬의 시선이 준혁의 손가락 끝을 따라 던전을 훑었다.

"형이 말했다시피 마법에는 인간의 마음을 뺏을 수 있는 방법이 없어. 하지만 형의 스승은 그것을 해냈지. 그것도 단 순간이 아니라 수십 년에 걸쳐서 말이야. 그것을 단지 집념만으로 설명할 수 있을까?"

"하~ 돌겠네. 네 말대로일지도 모르겠다."

결국 김성찬도 준혁의 가설을 인정했다.

김성찬은 투덜거리며 말했다.

"우린 하나도 아니고 두 개의 마법사 집단을 상대해야 하는 거군."

"그뿐이 아니지. 이제 몰려올 귀족파의 군대도 있어. 따지고 보면 귀족파 군대는 시작일 뿐이지."

"됐다 그래. 아예 북방대륙 전체 군대가 오라고 해. 모조리 박살 내줄 테니까."

"제일 먼저 도망치려는 속셈은 아니고?"

"눈치챘냐?"

"크크크크."

"크크크크크."

두 사람은 농담 아닌 농담을 던지며 긴장을 풀었다.

하지만 이 얼토당토않은 농담이 얼마 지나지 않는 미래에 더 참혹한 현실로 이뤄지리라는 사실을 두 사람이 현시점에서 알 방법은 없었다.

*　　*　　*

다시 찾은 던전의 마지막 구역은 두 사람이 지은 별칭 체육관이라는 이름대로 실내체육관 정도 면적과 높이를 자랑하는 지하공간이었다.

천장에 줄지어 박혀 있는 라이트 마법이 인챈트된 유리구슬까지 작동시키니 그런 기분은 한층 더해졌다.

체육관이 밝아지자 김성찬은 준혁을 체육관의 가장 깊숙한 곳으로 데려갔다.

"이 장소야."

"쩝, 입맛 떨어지네."

김성찬이 가리킨 장소에는 그의 말대로 말라붙은 음식물

쓰레기와 역시 딱딱하게 굳은 인분 더미가 쌓여 있었다.

모르긴 몰라도 김성찬의 스승은 매우 긴 시간을 이곳에서 보낸 것이 분명했다.

"살펴보자고."

"난 오른쪽으로 갈게, 넌 왼쪽으로가."

두 사람은 구역을 나눠 체육관을 샅샅이 뒤지기 시작했다.

하지만 몇 시간을 찾아도 딱히 이상한 점을 찾을 수 없었다.

먼저 포기를 선언한 사람은 김성찬이었다.

"아~ 짜증나서 못하겠어."

"나도 마찬가지야."

있을지 없을지도 모르는 어떤 무엇을 찾아 무작정 수색을 계속한다는 것도 어쩌면 우스꽝스러운 일이라는 생각이 들었다.

그래서 준혁도 김성찬 옆에 앉으며 말했다.

"그만 하자고. 여긴 아닌 것 같아."

"그래. 쉬었다가 다른 구역을 찾아보자."

신경을 다른 곳으로 돌리니 그제야 체육관 전체가 눈에 들어왔다.

"어쨌든 이곳 좋은데? 훈련장소로 그만이겠어."

"그야 그렇지. 벽도 엄청 단단해 보여서 마법을 난사해도 별로 티도 나지 않을 것 같아."

확실히 체육관의 벽은 거의 틈 없이 통짜로 이뤄진 단단한
바위였다. 체육관은 하나의 거대한 바위를 통째로 파내 만들
어진 것 같았다.

"어디 한번 확인해 볼까?"

준혁은 언제가 가지고 다니는 쇠몽둥이를 집어 들었다.

"뭘 하려고?"

"두고 봐."

준혁은 쇠몽둥이를 창처럼 들었다. 그리고 가벼운 기합과
함께 벽에 던졌다.

"웃차!"

슉!

꽝!

쇠몽둥이가 단단한 암벽에 박혔다.

"……."

"말도 안 돼."

그 모습을 본 김성찬이 기겁하며 말했다.

"너 실력이 더 강해진 거야?"

"아니……."

준혁은 강하게 부정했다.

하루도 수련을 거르지 않았으니 강해지기야 강해졌을 것

이다. 하지만 이 정도까지는 절대로 아니다.

하지만 결과만 봐서는 강해졌다는 사실을 부정하기 힘들었다.

분명히 쇠몽둥이는 암벽에 명중했다.

그런데 암벽에서는 쇠몽둥이의 모습은 찾아 볼 수 없었다. 쇠몽둥이가 명중한 자리에 남겨진 것은 둥그런 구멍뿐이었다.

준혁은 암벽으로 다가가 구멍을 살폈다.

겉모습과 다르게 암벽이 흙일 수도 있다 싶었다. 하지만 벽은 오히려 보기보다 단단한 바위로 이뤄져 있었다.

"……."

차가운 기운이 느껴졌다.

기운의 정체는 바람이었다.

준혁은 얼굴을 구멍에 바짝 가져다댔다. 느낌은 틀리지 않았다. 바람은 구멍에서부터 불어오고 있었다.

쇠몽둥이가 암벽을 관통한 것이 분명했다.

내친김에 구멍에 눈을 대고 시력을 키우기 위해 눈동자에 오러를 돌렸다. 그러자 시야가 밝아졌다.

암벽의 두께는 최소한 3m는 되어 보였다.

'도대체 내가 어떻게 구멍을 뚫은 거야.'

이해할 수 없었지만 현실이 그랬다.

의문에만 매달려 있을 수 없었던 준혁은 구멍 저편에 정신을 집중했다.

어두웠던 구멍 저편이 아스라이 보이기 시작했다.

암벽 저 너머에 빈 공간이 있는 것은 분명했다. 하지만 빈 공간에 무엇이 있는 지 확인할 방법은 없었다.

"저편에도 공간이 있어."

"공간이라고? 뒤로 물러나."

이럴 땐 김성찬의 마법이 준혁의 힘보다 월등히 우월하다.

김성찬은 위저드 아이 마법을 사용해 벽 너머를 살폈다.

그렇게 한참을 정신을 집중하고 있던 김성찬이 말했다.

"믿을 수 없어."

"뭐라도 발견했어?"

"하… 저걸 뭐라고 설명해야 할지 모르겠다."

"답답하게……. 어서 말해봐."

"믿을지 안 믿을지 모르겠지만 저쪽 편에는 비행선이 있어. 그것도 엄청나게 큰 비행선."

"비행선이라고?"

"너, 혹시 힌덴부르크 호나 체펠린 호라고 들어봤어?"

"1차 대전 당시 독일에서 만든 비행선이잖아. 그냥 튜브가 아니라 금속골조로 틀을 만들고 그 겉을 막아 만들었다고 해서 경식비행선이라고 했다고 본 기억이 있어."

"바로 그 비행선처럼 생겼어. 위쪽 모양은 조금 다르지만 말야."

"……."

"길이는 거의 3~400m쯤? 동체 높이는 50m쯤 될까? 동체는 크롬 도금이라도 한 것처럼 은빛으로 빛나고 있어."

준혁은 김성찬이 보고 있는 물체의 정체를 알 것 같았다.

그것은 바로 야율 귀레쉬 당시 유라와 마법사들이 타고 나타났던 바로 그 비공정이었다.

김성찬은 야율 귀레쉬 당시 산의 노인단 본부에 있었다. 그래서 비공정의 모습을 준혁의 설명으로 들었을 뿐 직접 본 적이 없다.

위저드 아이 마법을 푼 김성찬이 준혁을 바라보았다.

"그러고 보니 혹시?"

"비공정이겠지."

"그래, 맞아. 야율 귀레쉬 때 나타났었다는 바로 그 비공정이야. 뭐, 크기는 3배쯤 크지만……."

놀랍게도 던전 안 깊숙한 비밀공간에 현대의 항공모함보다 큰 크기의 비공정이 숨겨져 있었다.

피오다이나 상단이 왜 이 던전을 차지하려 하는지 충분히 이해가 갔다.

김성찬이 준혁에게 물었다.

"어떻게 하지?"

대답은 비공정의 존재를 안 순간부터 정해져 있었다.

그래서 준혁은 간단하게 대답했다.

"어떻게 하긴. 먹어야지."

"저 큰 걸 먹으면 탈나지 않을까?"

"탈나도 먹을 거야. 먼저 통로를 만들자고."

통로를 만드는 일은 생각보다 수월했다.

던전 입구 오크 유적에는 피오다이나 상단이 던전을 발굴할 때 사용했던 장비들이 고스란히 남아 있었다.

게다가 이유는 모르지만 준혁의 힘은 체육관에만 들어가면 미칠 듯이 강해져 일반적인 곡괭이나 삽으로도 단단한 암벽이 푹푹 파여 나갔다.

불과 서너 시간의 작업 끝에 준혁은 암벽에 성인 한 사람이 걸어서 통과할 수 있을 넓이의 통로를 만들어냈다.

"너 점점 인간이 아닌 것 같아."

"나도 그렇게 생각해."

준혁이 대꾸하자 김성찬이 기가 차는지 혀를 찼다.

사실 준혁도 황당하긴 마찬가지였다.

3m 두께의 두꺼운 암벽을 파냈음에도 땀 한 방울 흘리지

않았고 들고 있는 무딘 삽의 이 한 톨 나가지 않았다.

상황이 이 지경이니 스스로가 무서워질 지경이었다.

"이유는 나중에 생각하고 들어가 보자구."

"그래. 잠시만, 라이트."

김성찬이 마법을 사용해 빛나는 구를 소환해 냈다. 체육관과 달리 암벽 반대편의 공간은 칠흑 같은 어둠이 지배하고 있었다.

*　　　*　　　*

암벽 너머 공간은 김성찬이 만들어 낸 마법구 정도로 밝힐 수 있는 넓이가 아니었다.

흐릿한 빛에 의지해 공간을 살펴본 준혁은 혀를 찼다.

준혁은 지구에서도 이렇게 넓은 단일 공간을 본적이 없었다.

"군 시절 인천공항에서 가장 큰 격납고에서 훈련을 한 적이 있어. 보잉 747기가 두 대나 들어가는 격납고였지. 그런데 이곳은 그 격납고보다 10배는 큰 것 같아."

"나도 마찬가지이긴 한데……."

"가보자구."

준혁은 앞장서서 공간의 중앙에 자리 잡고 있는 비공정으로 향했다.

가까이 다가갈수록 김성찬의 머리 위에 떠 있는 빛의 구 덕분에 비공정을 조금 더 자세히 살펴볼 수 있었다.

"정말 멋져."

준혁은 진심으로 감탄했다. 언뜻 보기에 비공정의 표면은 마치 스테인리스 스틸로 만들어진 것처럼 보일 만큼 반짝거렸다.

하지만 자세히 보니 금속 종류는 아닌 것 같았다.

오히려 매끄럽지 않는 표면과 그 표면에 불규칙적으로 새겨진 무늬 덕분에 나무에 가까운 질감을 가진 재료처럼 보였다.

호기심이 발동한 준혁은 살짝 비공정의 표면을 만졌다.

"……."

준혁의 손이 닿은 비공정의 표면이 잔잔한 호수에 돌이라도 던진 것처럼 일정한 빛의 파동을 만들어냈다.

아름다웠다.

"와~ 무슨 레이저 쇼라도 보는 것 같군."

"……."

두 사람의 서로를 바라보며 놀라워했다. 하지만 두 사람이 느끼고 있는 놀라움은 다가올 장면에 비해서는 아무것도 아니었다.

준혁의 손에서 퍼져 나간 파문은 미세한 진동을 만들어냈다.

우우우우웅!

그리고 그 진동은 점점 커져 나갔다.

부우우우우웅!

뜻밖의 상황에 놀란 준혁은 얼른 손을 떼고 몇 걸음 뒤로 물러났다.

그럼에도 불구하고 진동은 멈추지 않고 더더욱 커져만 갔다.

부우우우우우우웅!

그리고 그 순간!

팟!

공간 전체가 대낮처럼 밝아졌다.

징, 징, 징, 징!

그리고 이상한 단속음과 함께 천천히 비공정이 허공으로 이삼십 센티 떠올랐다.

"……."

"……."

놀라운 일은 거기서 멈추지 않았다.

삐걱.

비공정의 옆면이 슬라이드 문처럼 열리면서 하얀 속살을 드러냈다.

그 장면이 너무나 자연스러워 마치 준혁과 김성찬을 초대하는 인사처럼 보였다.

잔뜩 긴장한 김성찬이 준혁에게 말했다.

"무슨 영화의 한 장면 같아."

"……"

김성찬의 말대로였다. 준혁의 눈에도 이 광경은 SF영화에서 UFO를 만나는 장면처럼 보였다.

"어떻게 하지?"

"어떻게 하긴… 들어가야지. 여기서 물러날 순 없잖아."

준혁은 쇠몽둥이를 굳게 잡고 경계하며 앞장서서 문 안으로 들어갔다.

비공선의 내부를 본 첫인상은 부조화였다.

60년대 사람들이 미래의 자동차를 연상하며 만들었던 콘셉트 카처럼 크롬의 번쩍거리는 외부와 달리 내부는 오래된 범선처럼 허름하고 고풍스런 목재 구조로 만들어져 있었다.

"바깥에서 보는 것과는 다르네."

준혁은 감상을 토로했다.

그런데 대답이 없었다.

고개를 돌려보니 김성찬의 모습이 보이지 않았다.

열려 있던 문이 어느새 굳게 닫혀 있었다.

놀란 준혁은 쇠몽둥이로 문을 찍었다.

쿵!

바위도 가루로 만들 거대한 힘을 받고도 문은 약간의 흠집조차 나지 않았다.

쿵!

꽝!

꽈광!

몇 번을 내려치고 찍어 봐도 마찬가지였다.

준혁은 비공정 안에 갇힌 것이다.

＊　　＊　　＊

준혁은 정신을 가다듬었다.

'일단 이 비공정에 사람이 있다고 가정하는 편이 옳겠지. 하지만 그 사람은 나에게 해를 끼칠 생각은 없어. 해를 끼치려면 더 쉬운 방법이 있기 때문이지. 그럼… 가만 있자……. 방향이?

우선 자신이 서 있는 장소를 어림잡아 보았다.

'비공정 중앙의 아랫부분이었지. 그럼 조종석은 맨 위층이나 가장 앞쪽에 있을 거야.'

목표를 정하고 나니 마음이 한결 가벼워졌다.

준혁은 우선 가장 위층으로 가보기로 결정했다.

준혁은 천천히 걸음을 옮겼다. 10m쯤 되는 통로의 끝에 다다르니 문이 보였다.

준혁은 조심스럽게 문을 열었다.

삐걱!

문 안의 공간은 넓은 창고였다. 창고 전체에는 나무로 만들어진 사방 3m 크기의 박스들이 차곡차곡 쌓여 있었다.

'이곳이 선창인가 보군. 가만……'

잠시 망설인 준혁은 상자로 다가갔다. 상자에 무엇이 들었는지 확인하려는 속셈이다. 준혁은 조심스럽게 쇠몽둥이를 상자의 뚜껑에 끼워 넣고 지렛대처럼 들어 올렸다.

끼이익!

"……?!"

상자 속에 있는 물건은 지름이 10cm정도에 높이가 15cm정도인 금속 원통이었다.

'통조림하고 똑같이 생겼잖아.'

준혁은 얼른 통 한 개를 들어 표면을 살폈다. 지구의 그것처럼 그림은 그려져 있지 않았지만 비프스튜라는 공용어로 쓰인 문구가 선명했다.

'이 시대에 통조림이 가당키나 한가?

준혁은 자신이 알고 있는 상식을 되짚어보았다.

분명 통조림이 만들어 진 역사는 오래되었다.

음식을 끓이고 식혀서 병에 넣어 보관하는 병조림의 역사는 무려 1,000년이 넘었다.

그리고 지금 준혁이 들고 있는 것과 같은 현대식 통조림이 개발된 것은 나폴레옹 시절이었다.

병조림이 통조림으로 변화하게 된 이유는 얇은 철판을 생산할 수 있는 기술이 개발되어서이다.

'뭐, 상관없겠지. 이곳은 마법이라는 도깨비 방망이가 현존하는 곳이니……. 가만있자. 원터치 마개는 아니니… 어딘가 깡통 따개가 있을 법도 한데…….'

월남전 당시 미군이 총보다 소중하게 여기던 물건이 통조림이었던 C—레이션의 뚜껑을 열기 위한 깡통 따개였다는 말이 있다.

깡통 따개가 없으면 통조림은 학이 여우에게 준 호리병에 든 음식과 같아 무용지물이었다.

예상대로였다.

준혁은 상자 한편의 작은 상자에서 어렸을 때 본적이 있는 깡통 따개 수십 개를 발견했다.

"자… 열어볼까."

뚜껑을 열어보니 익숙한 모양의 비프스튜가 나타났다.

사각형 주사위 모양의 고기와 육수, 그리고 야채로 이뤄진 비프스튜는 보기만 해도 맛있어 보였다.

터널을 뚫느라 장시간의 노동을 한 터라 시장했던 준혁은 서슴지 않고 통조림을 입으로 가져갔다.

‘어디……’

맛있었다.

정말 맛있었다.

아무리 좋게 말해줘도 토라의 음식은 건강은 몰라도 맛의 측면에서 그리 뛰어난 음식이 아니다.

하지만 통조림에 든 비프스튜는 준혁이 기억하는 몸에 나쁠 것 같은 각종 첨가제의 향취가 물씬 풍기는 것이 식욕을 마구 돋우는 풍미를 가지고 있었다.

통조림 한통을 단숨에 비운 준혁은 상자의 나머지 통조림을 살피기 시작했다.

‘전부 다 비프스튜……. 그렇다면!’

준혁은 다른 상자들을 뒤지기 시작했다.

다른 상자에서는 과일 통조림이 나왔다.

또 다른 상자에서는 딱딱한 비스킷이 가득 든 통조림을 발견했다.

닭고기가 들어 있는 통조림도 있었고 양고기가 든 통조림도 있었다.

수많은 종류의 통조림 중 가장 압권은 토마토소스가 든 통조림의 존재였다.

토마토소스는 서양 요리의 기본 재료라고 할 수 있다. 하지만 토라에는 토마토 자체가 존재하지 않는다.

항상 김성찬은 그 점을 아쉬워하곤 했다.

'성찬 형이 보면 엄청 좋아하겠는걸.'

상자에 든 물건은 통조림만이 아니었다.

군복으로 보이는 의류와 검과 창, 활, 화살을 비롯한 무기도 부지기수로 쏟아졌다.

'군대 보급품 목록을 보는 것 같아.'

대충 계산해도 수백 명이 몇 년은 먹고 사용할 수 있을 것 같은 양의 군수품들은 비공정이 군함이거나 수송함의 역할을 하고 있다는 사실을 의미했다.

군수품이 쌓여 있는 창고는 무려 3층에 걸쳐 계속되었다.

4층과 5층은 창고가 아니었다. 두 층은 주거구역으로 보였다. 세 평 정도로 보이는 면적의 방이 끝없이 이어져 있었고 각 방에는 벽에 고정된 3층 침대가 두 개씩 놓여 있어 여섯 명이 사용할 수 있었다.

선실을 살펴보던 준혁은 한 가지 이상한 점을 찾아냈다. 침대 위의 모포는 깨끗했고 먼지 한 톨 묻어 있지 않았다.

그렇다고 사람이 사용한 흔적도 없었다.

침대 머리맡의 개인 사물함에는 수건과 옷가지가 있었다. 역시 이 물건도 모두 새것이었다.

'도무지 사람이 사용한 흔적이 없어. 마치 유령선 같아.'

5층에는 거대한 식당도 있었다.

식당역시 각종 조리기구가 쌓여 있었지만 사용한 흔적은 전혀 없었다.

비공정은 유령선이라기보다는 모든 장비를 싣고 출항하기 직전에 승무원들이 모두 배를 떠난 느낌이 강했다.

'한 층에 방이 50개, 두층에 100개면 600명.'

준혁이 알기로 가장 큰 범선 중 하나인 갤리온 선의 승무원 숫자가 180명이다. 비공선의 선원 규모는 갤리온 선의 3배 이상이었다.

다른 층에 비해 확연히 좁아진 6층 역시도 4층, 5층과 마찬가지로 주거구역이었다. 하지만 6층은 아마도 장교들이 거주하는 구역인 듯 모든 방이 공간적으로 훨씬 넓고 쾌적했다.

장교들의 방은 마치 최신식 원룸을 보는 것 같았다.

각 방마다 뜨거운 물이 나오는 샤워시설이 설치되어 있었고 놓여 있는 침대도 푹신함의 정도가 일반 병사들의 것과는 질적으로 달랐다.

그중 압권은 6개의 거대한 방이었다.

원룸이 아니라 거실과 욕실, 침실로 나뉜 방은 이 비공선의 선장을 비롯한 고위 장교의 것이 분명했다.

장교 거주구역이 나왔으니 목적지였던 함교가 가까웠다.

준혁은 다시 계단을 올라 조심스럽게 문을 열었다.

Chapter 54
위대한 존재

긴장하며 문을 연 보람도 없이 함교 안에는 사람의 모습이 보이지 않았다.

함교는 우주선을 발사할 때 상황을 통제하는 통제실과 비슷한 구조를 가지고 있었다.

가장 먼저 눈에 띈 것은 전면의 거대한 스크린이었다.

극장을 연상시킬 만큼 거대한 스크린에는 마치 감시용 CCTV처럼 수십 개의 장면이 보이고 있었다.

모든 장면이 정지된 화면, 혹은 사진처럼 보였지만 한 가지 화면만은 제외였다.

그 화면 속에서는 익숙한 얼굴의 인물이 초조한 얼굴로 서
성이고 있었다.

'성찬 형.'

예상대로 화면은 비공정 주위를 감시하는 일종의 CCTV 화
면이었다.

혹시나 김성찬과 이야기할 수 있는 장치가 있을지도 모른
다는 생각이 들었다. 그래서 준혁은 김성찬을 비추고 있는 화
면으로 다가갔다.

함교 중앙에는 장식품처럼 생긴 준혁 키만 한 크기의 거대
한 수정구슬이 청동으로 장식된 틀 위에 놓여 있었다.

"……"

스크린으로 다가가려면 함교 중앙의 수정구슬을 끼고 돌
아가야 한다.

준혁이 수정구슬 옆으로 다가갔을 때 놀라운 일이 생겼다.

부우우우웅!

비공정 밖에 있을 때 그랬던 것처럼 함교 전체가, 아니, 함
전체가 가늘게 진동을 했다.

그 느낌은 겨우내 잠들어 있던 곰이 기지개를 켜는 것 같았
다.

그리고 목소리가 들렸다.

─신분 확인 절차를 시작하겠습니다.

　도무지 근원이 어딘지 가늠할 수 없는 방향에서 들린 굵직한 목소리는 준혁의 정체를 묻고 있었다.
　목소리의 주인이 비공정의 주인이라고 생각한 준혁은 얼른 그러나 공손하게 자신의 이름을 댔다.
　"전, 이준혁이라고 합니다."
　목소리의 주인은 준혁의 대답에 만족하지 못한 모양이었다.

─신분 확인 절차를 시작하겠습니다.

　당황한 준혁은 뭐라 할 말을 찾을 수 없었다.
　궁리 끝에 결국 준혁은 다시 말했다.
　준혁의 입에서 입사 원서에나 쓸 법한 이야기들이 흘러나왔다.
　"지구, 대한민국, 서울 태생, 대졸, 나이는 31살, 성별 남자, 부모님 모두 생존, 특기 활쏘기……."
　하지만 목소리의 주인공이 원하는 대답은 준혁의 이력서가 아니었다.
　목소리는 다시 물었다.

　그제야 준혁은 목소리에 맞춰 수정구가 살짝 맥동하고 있다는 사실을 발견했다.

　―신분 확인 절차를 시작하겠습니다.

　준혁은 수정구슬로 다가갔다.

　―신분 확인 절차를 시작하겠습니다.

　확실히 목소리는 수정구에서 흘러나오고 있었다.
　이제야 겨우 눈치챘다.
　수정구는 일종의 마법장치였고 이 장치가 원하는 것은 준혁의 신상명세가 아니라 아마도 이 배의 주인이었을 어떤 사람의 신분확인이었다.
　"돌겠네."
　준혁은 혀를 찼다.

　―신분 확인 절차를 시작하겠습니다.

　신분을 확인 방법은 수없이 많았다. 그것은 목소리가 될 수도 있고 어떤 암호가 될 수도 있었다.

우선 준혁은 손바닥을 수정구에 가져다댔다.
수정구는 아무 변화가 없었다.

—신분 확인 절차를 시작하겠습니다.

이번에는 눈을 가져다 댔다.

—신분 확인 절차를 시작하겠습니다.

슬슬 화가 났다.
"열려라, 참깨! 출격! 시동! 오픈! 스타트!"
여전히 수정구는 변화가 없었다. 그저 지긋지긋하게 신분 확인을 외치고 있을 뿐이었다.
지문도 홍채인식도 되지 않는다.
비공정의 주인이 설정했을 시동 암호 따윈 처음부터 알 방법도 수단도 없다.
그래서 준혁이 선택한 방법은 극단적일 수밖에 없었다.
"좋아, 그렇다면……."
준혁은 주머니칼을 꺼내 손가락에 살짝 그었다.
그리고 흘러나온 붉은 핏방울을 수정구에 살짝 떨어뜨렸다.

"내가 하면서도 황당해. 이 세상에 DNA분석이 있을 리 없잖아. 더군다나 이배의 주인과 같은 DNA라니……."

역시 수정구에는 아무런 변화가 없었다.

이제 남은 방법은 하나였다.

이 배는 마법공학의 산물이다. 그러니 당연히 마법사가 만들었을 것이다.

준혁이 아는 마법사는 오직 한 명 김성찬이다.

어떤 방법을 사용해서든 김성찬을 비공정 안으로 데리고 들어오는 수밖에 없다.

지극히 합리적인 방법론이다.

결정을 내린 준혁은 함교를 나가기로 했다. 비공정에도 갑판은 있을 것이고 로프 따위를 찾아 김성찬을 끌어올릴 생각이다.

삐걱.

문을 열던 준혁은 걸음을 멈췄다.

이제야 깨달았다.

더 이상 목소리가 들리지 않고 있었다.

"설마……."

뒤를 돌아보니 수정구가 밝게 빛나고 있었다.

그리고 동시에 함교가 형태를 변화했다.

끼리리리릭!

나무 마찰음과 함께 방금 전까지만 아무 장식도 없는 나무 판자일 뿐이던 함교의 벽과 바닥이 변하기 시작했다.

끼릭.

끼리릭!

"……."

불과 10여 초 사이에 이뤄진 함교의 변화는 놀라웠다.

함교는 밋밋한 나무방의 모습을 벗고 대략 5여 명이 사용할 수 있는 콘솔과 의자가 생겨 나 있었다.

준혁이 자신이 들어왔던 문을 열고 김성찬에게 비공정 안으로 들어오라는 방송을 할 때까지 걸린 시간은 정확히 한 시간이었다.

아쉽지만 수정구는 인공지능을 가지고 있지 않았다.

준혁이 발견한 것은 비공정의 시동장치와 작동 매뉴얼이 전부였다.

"후와~"

함교로 들어온 김성찬이 씹다 던져 밟아 버린 껌처럼 수정구에 달라붙었다.

"후와~ 멋져. 정말 멋져. 이야기는 들어봤지만 실제로 볼 줄이야."

"이놈의 정체를 알아?"

"응, 이놈은 마나석이라고 해."

"마나석? 루나스톤 말하는 거야? 루나스톤은 색깔이 달랐
는데?"

"루나스톤 따위와 마나석을 비교하지 마. 루나스톤은 마나
석의 대용품, 즉 짝퉁에 지나지 않아. 다시 말해 마나석이 다
이아몬드라면 루나스톤은 유리조각이지."

"짝퉁이라고? 무슨 말이야. 자세히 이야기해 봐."

"그러니까 말이야, 이야기가 길다. 우선 먹자."

김성찬은 매고 있던 배낭을 풀어 안을 보여주었다.

그가 내민 주머니 안에는 이런저런 종류의 통조림이 가득
들어 있었다.

"이것도 발견했어."

김성찬이 꺼낸 것은 고맙게도 술병이었다.

비공정을 차지했고 다른 사람이 들어올 방법이 없는 이상
급할 일도 없었고 밤은 길었다.

맛있는 음식과 술은 언제가 환영이다.

그 음식이 지구에서 먹던 그것과 똑같이 맛있고, 게다가 최
고 요리사의 손길이 더해진 것이라면 더더욱 좋은 일이다.

내친 김에 준혁과 김성찬은 조리실로 내려갔다.

"우와~ 멋져. 멋져."

김성찬은 수정구슬, 즉 마나석을 봤을 때보다도 수십 배는

더 기뻐했다. 비공정이 기능을 되찾자 조리실도 준혁이 봤을 때의 조리실이 아니었다.

조리기구가 놓여 있던 탁자는 마법으로 불꽃을 만들어 내는 버너로 변했고 탁자 옆에 놓여 있던 금속 상자는 오븐이었다.

"세상에… 세상에…… ."

버너와 오븐은 시작에 불과했다.

김성찬이 끙끙대며 통조림을 따고 있을 때 준혁은 조리실 옆에서 금속으로 만들어진 튼튼한 문을 발견했다.

"……."

준혁은 혹시나 하는 기대감을 가지고 문을 열었다.

삐걱!

차가운 냉기가 밀려 나왔다.

예상대로 방은 거대한! 문자 그대로 거대한, 초대형 냉장고였다.

아니, 냉장고라는 단어는 이 방을 무시하는 단어였다. 이 방은 거대한 식품 냉동 창고 겸 냉장 창고였다.

더 놀라운 사실은 냉장고 안에 들어 있는 물건들이었다.

소고기, 양고기, 돼지고기, 닭, 소시지 등의 육류와, 싱싱한 야채와 감자, 산더미처럼 쌓여 있는 밀가루 포대.

수백 명의 인원이 오랜 기간 동안 신선한 음식을 먹을 수 있는 엄청난 재료들이 오와 열을 맞춰 쌓여 있었다.

준혁은 바다의 여행자호의 식료품 저장고를 떠올렸다.

바다의 여행자호의 식료품 저장고와 이곳이 다른 점은 오직 한가지였다.

바다의 여행자호의 식품 저장고는 텅텅 비어 있었지만 이곳은 가득 차 있다는 점이었다.

"형! 이리로 와봐."

준혁의 부름에 달려온 김성찬도 환호성을 질렀다.

"아마도 보존 마법이 걸려 있는 것이 분명해. 놀라워. 정말 놀라워."

보존 마법은 식품을 상하지 않게 그대로 보존해 주는 마법이라고 했다.

"지구로 가져가면 대박이겠다. 전기도 안 들고……."

"말했잖아. 지구로 가면 마법이 안 된다고. 만일 마법이 됐다면 내가 다시 이곳으로 왔겠냐. 지구에서 떵떵거리면서 살지."

"그래 잘났어. 그나저나 밑에 있는 식품들은 전부 비상식량이나 전투식량쯤 되겠군."

"나도 같은 생각이다. 그나저나 이럴 때가 아니다. 우리가 이런 재료들을 놔두고 통조림을 먹어야 되겠냐. 기다려라. 오랜만에 솜씨 좀 발휘해 보마."

김성찬은 소매를 걷어 붙이고 창고로 들어갔다.

"소금, 황설탕에… 어쭈! 후추와 시나몬도 있고……. 토마토에 파슬리, 이건 바질… 라임과 오렌지, 레몬까지? 이 배의 주인이었던 사람은 미식가가 분명해."

두 손 가득 식품과 향신료를 들고 나오는 김성찬의 얼굴은 보물을 찾은 어린아이의 얼굴보다도 밝았다.

신선한 재료, 훌륭한 요리사, 좋은 도구가 결합하니 요리는 눈물 나도록 맛있었다.

접시들을 싹싹 비운 두 사람은 의자에 등을 대고 와인 잔을 기울였다.

김성찬은 와인 잔의 와인을 빙글빙글 돌려 흘러내리는 루비 색 와인의 눈물을 감상하며 말했다.

"하~ 이런 호사가 얼마만이야."

"바다의 여행자호를 떠나기 전에 먹은 식사가 마지막이니까……. 벌써 2년이 넘었네."

"이제 겨우 2년인가? 체감상으론 10년도 더 넘은 것 같은데……."

"많은 일이 있었으니까."

"정말 많은 일이 있었지. 내가 꿈꿨던 바로 그런 일들……."

"좋아?"

"그럴 리가 있겠냐? 지금 내 꿈은 돼지고기 목살을 두껍게 썰어 넣은 김치찌개에 밥 한 그릇 말아 뚝딱 해치우는 거야. 아~ 물론 소주 한 병도……. 그리고 나서 크게 트림 한 번 하고, 배 깔고 누워 주말 막장 드라마를 보는 거지. 물론 시원한 맥주 한 캔과 함께……."

"캬~ 생각만 해도 좋다."

준혁은 몸서리치며 대답했다.

어느새 잊고 있었던 일상이 오늘처럼 사무치게 그리운 적은 없었다. 영웅도 좋고 전사도 좋고 부자도 좋지만 인간을 행복하게 하는 요소는 의외로 소소한 일에 있다는 생각이 들었다.

배가 부르고 술 몇 잔이 들어가자 마음이 넉넉해진 준혁은 새삼스럽게 조리실을 둘러보며 말했다.

"마법은 정말 위대한 것 같아. 이 모든 것이 마법이란 한 단어로 모두 설명이 된다는 사실이 무섭기까지 해."

"그렇지? 하지만 내가 보기엔 이 비공정에 쓰인 마법들은 거의 대부분이 잊혀 이제는 사라져 버린 옛 마법들이야."

"그게 무슨 소리야? 모두 신기하긴 하지만 그다지 어려운 마법이 사용된 것 같지는 않은데?"

"쉽지. 쉬운데 어려워. 너, 인간이 악마를 물리치고 루나스 톤을 얻은 이야기 알지?"

　김성찬의 질문에 준혁은 자신이 알고 있는 정보를 늘어놓았다.

　"악마가 강림하고 신이 인간에게 힘을 주어 악마를 물리치게 했다. 악마가 물러간 후 신은 인간에게 주었던 힘을 회수했다. 인간은 신이 주었던 힘을 잊지 못했다. 그때 대륙 전역에서 루나스톤이 발견되었다. 루나스톤은 신이 인간에게 주었던 힘을 계속 사용할 수 있게 해주었다."

　"그래 맞아. 여기서 문제 하나. 신이 인간에게 준 힘은 무엇이었을까?"

　"그야 마력이겠지."

　준혁의 대답에 김성찬이 고개를 흔들었다.

　그는 와인 잔을 어루만지며 말했다.

　"마력이긴 한데 조금 달라. 신이 준 힘은 너무나 순수해서 신께 마음과 몸을 바쳐야만 얻을 수 있었어. 루나스톤이 없던 당시에도 인간은 욕심이 많았어. 인간들은 신이 준 힘을 더욱 강하게 만드는 방법을 연구했어."

　악마를 무찌르겠다는 열망은 신에 대한 믿음으로 이어졌다. 그 믿음을 도구 삼아 마법사들은 결국 한 가지 물질을 만들어 냈다.

　"그 물질이 바로 마나석이야."

　"마나석……. 신의 힘을 응축한 물건이란 소리군."

신의 힘을 모아둘 수 있다는 개념은 그리 생소하지 않았다.

지구의 역사를 돌이켜볼 때 인간은 언제나 신을 대신할 상징을 만들었다. 아이콘이니 성궤니 성배니 하는 물건들이 바로 그것이다.

불과 몇 십 년 전만 하더라도 우리의 어머니들은 아이를 얻기 위해 마을 주변에 있던 성황당이나 남근석에 치성을 드리곤 하기도 했다.

성황당은 신의 힘이 깃드는 장소다. 남근석 역시 믿음의 또 다른 상징이다.

김성찬의 말대로라면 마법사들은 들고 다닐 수 있는 성황당이나 남근석, 혹은 늑대인간과 뱀파이어를 쫓을 수 있는 십자가나 마늘을 만들어낸 것이다.

"마나석을 만드는 일은 정말 어려웠어. 수백의 마법사가 달라붙어 연구를 진행했어도 개념조차 잡을 수 없었지. 그러던 중 한 마법사가 모두 잊고 있었던 아주 오래된 옛날이야기 하나를 떠올렸어."

"무슨 이야긴데?"

"악마가 나타나지 않았던 시대의 이야기. 그 시대에는 마법이 없었어. 당시의 인간들은 신의 존재를 믿지 않았어. 뭐, 당연해. 인간은 눈으로 보지 않은 것은 믿지 않은 속성이 있잖아."

"……."

"어쨌든 인간에게 존재를 부정당한 신은 자신의 대리자를 토라에 내려 보냈어. 그 대리자가 바로 드래곤이지."

"드래곤? 용 말이야? 판타지 소설에 등장하는?"

"그래, 맞아, 바로 그 드래곤. 어쨌든 드래곤이라는 설명 불가능한 존재가 토라에 나타나자 인간들은 신의 존재를 다시 믿기 시작했지."

이제야 겨우 준혁은 김성찬의 말을 이해할 수 있었다.

김성찬이 말하고자 하는 것은 바로…….

"드래곤들은 인간의 일에 간섭하지 않으면서 존재만으로 신을 대리했어. 언제나 그랬듯이 인간은 그런 드래곤을 두려워하면서도 극복하고 싶어 했지. 그리고 수천, 수만 년의 역사를 통해 그런 치열한 인간의 욕망이 성공한 적이 있었어. 인간들은 드래곤의 가슴에서 투명한 돌 하나를 발견했지. 그것은 바로……."

"드래곤 하트."

"신이 드래곤에게 부여한 힘을 보관하는 돌. 맞아, 바로 드래곤 하트야. 이야기를 처음으로 돌리면, 마법사들은 수정구슬에 신의 힘을 보관하는 방법을 찾아냈어. 사용하면 소모되어 버리는 루나스톤과 달리 절대 사라지지 않은 힘을 가진 영구적인 배터리 말이야. 바로 그것이 마나석이야."

"그렇지만 마나석 역시 신의 힘이니 악마를 물리친 후 거두어 가지 않았을 까?"

"나뿐만 아니라 모두들 그렇게 알고 있었지. 그래서 더더욱 놀라운 일이고 말이야."

"그런데 아까 잊혀진 마법이란 소린 뭐야?"

"우선 단어부터 정의하고 넘어가자. 신이 준 힘을 마나라고 하고 루나스톤으로 만든 힘을 마력이라고 해. 마력은 한 번 사용하면 흩어져 버리지만 마나는 그렇지 않아. 한 장소에 머물 수 있지. 예를 들어 보자면 이래."

김성찬은 언제나 가지고 다니는 동전을 꺼냈다.

"이 동전에는 호감을 올려주는 마법이 인챈트되어 있어. 이 마법의 동력은 당연히 루나스톤이지. 그러니 당연히 수명이 있어. 하지만 만일 동력을 마나석으로 사용했다면 이야기가 달라."

"영구기관."

"신의 힘이니 당연하지."

신의 힘.

말로 하기는 쉽지만 실제로 그 힘을 본 사람이 누가 있을까?

"그런데 그 힘이 왜 나에게 반응했을까?"

질문을 받은 김성찬의 대답은 지극히 간단했다.

“솔직히 말해 나도 몰라.”

“…….”

“내가 아는 사실은 한 가지, 이 배가 최소한 1,800∼2,000년 전에 만들어졌다는 사실뿐이야.”

그 이야기를 듣고 나니 속이 거북해졌다.

준혁은 텅 비어 버린 접시들을 가리키며 물었다.

“그럼 우리가 먹은 음식들이 모두…….”

돌아온 대답이 준혁을 충격에 빠뜨렸다. 마치 원효대사의 해골 물을 마신 기분이 들었다.

“당연히 당시의 음식들이겠지. 하지만 괜찮아. 말했다시피 모두 보존마법이 걸린 음식들이니까.”

“…….”

*　　*　　*

식사를 마친 준혁과 김성찬은 다시 함교로 올라갔다.

“띄울 수 있겠어?”

“아마도……. 하지만 시간을 줘.”

“그럼 난 조금 더 이 배를 살펴볼게.”

지금까지 준혁이 살펴본 장소는 비공정의 중앙부분에 지나지 않았다.

준혁은 비공정을 움직이는 방법을 연구하고 있는 김성찬을 함교에 두고 다시 탐험에 들어갔다.

비공정의 전체적인 모습은 앞뒤가 뾰쪽한 원통형으로 비행선과 흡사한 생김새를 가지고 있었다.

하부와 내부는 창고와 숙소로 사용되는 구역이었고 좌우측에는 상당히 넓은 공간이 있었다. 이 공간에는 밖으로 열 수 있는 수많은 창문이 설치된 것으로 보아 전투를 위한 장소로 보였다.

가장 특징적인 장소는 후부였다.

비행선과 달리 조향을 위한 별다른 장치 없이 미끈하게 빠진 후부 동체 구역에는 도무지 원리를 알 수 없는 기계장치와 조절판들이 복잡하게 설치되어 있었다.

준혁과 김성찬은 비공정 전체에 대한 지도를 작성하고 각 부분에 장치된 장비의 기능과 사용방법을 매뉴얼로 작성했다.

비공정의 규모답게 모든 지도와 매뉴얼이 완성되기까지 무려 2주일의 시간이 필요했다.

Chapter 55
흑마법사

　던전이 자리 잡고 있는 오크 유적은 수백 년 동안 인간에게 버려진 땅이었다.

　그렇지만 준혁이 포돈 영지에 도착한 후 유적의 상황은 일변했다. 루돌프 자작은 기사 한 명과 병사 20명을 오크 유적에 항시 주둔시켜 경계를 강화하고 있었다.

　명령을 받고 지루한 경계를 서고 있는 병사들의 표정에는 불안감이 가득했다. 그들은 자신의 힘으로 영지를 지키고 가족을 보호했다는 자긍심보다는 앞으로 닥쳐올 미래에 대한 불안감에 더욱 사로잡혀 있는 듯했다.

토마스와 베론도 그런 병사 중 일부였다.

밤의 오크 유적은 적막이 지배하는 세상이었다.

안 그래도 불안한 두 사람의 마음을 멀리서 들려오는 산짐
승들의 울음소리가 흔들어 놓고 있었다.

유난히 감상적이고 나약한 성격을 가진 베론이 마음이 스
산했는지 토마스에게 다가와 말을 걸었다.

"토마스, 오늘따라 달이 유난히 밝네그려."

"요즘 같은 날씨면 아마도 월광 버섯이 피었을 텐데……."

월광 버섯은 가을이 깊어가는 달밤에만 피어나는 포돈 영
지 최고의 식재료다. 긴 밤 무료하게 경비를 서는 와중에 월
광 버섯 이야기에 군침이 돌았는지 토마스가 얼른 맞장을 쳤
다.

"월광 버섯 좋지. 기름에 달달 볶아 먹으면 캬~"

"올해는 글렀겠지?"

"뭐가?"

"월광 버섯 말야. 찬이슬이 내리기 시작하면 시들어 버리
잖아."

"그렇다고 봐야지. 세월이 수상하니 산에 갈 수도 없고."

토마스 말마따나 기사들과 몇 명의 병사들 이외에 산에 갈
수 있는 인력은 전무했다. 몸을 움직일 수 있는 병사들은 새
벽부터 밤늦게까지 전술을 연마해야 했고 여성들은 모두 전

투식량과 화살을 만드는 일에 동원된 상태다.

베론이 다시 물었다.

"토마스, 자넨 어떻게 생각하나?"

"뭘 말이야?"

"우리가 다시 월광 버섯볶음을 먹을 수 있을까?"

토마스의 표정이 변했다. 평소라면 의식적으로라도 하지 않을 소리다. 오늘의 베론은 정말 이상했다.

하지만 사실은 사실이다. 외면한다 해도 사실이 없어지지는 않는다.

"……아무래도 힘들겠지. 소문에 듣자 하니 보핑겐 영지에 엄청난 수의 병사가 모여들고 있다고 하던데……"

"하……. 우리가 이길 수 있을까?"

더 쳐지기 싫었던 토마스가 스스로에게 다짐하듯 말했다.

"이겨야지. 무조건 이겨야지. 이번에 승리하면 자작님께서 모두에게 농지를 나눠주신다고 했잖아."

"농도들에게도 토지를 주고 자유민으로 풀어주신다고 약속하셨지. 하지만 살아야 땅도 있는 거야. 난 요즘도 밤에 꿈을 꾼다네. 말을 탄 기사들이 몰려오는 꿈을 말일세."

"나도 악몽에 시달리기는 마찬가지야. 하지만 어쩌겠나. 그리고 우리에게는 남방전사님이 계시지 않는가. 남방전사님이 하셨던 말씀 기억 안 나?"

"살려면 죽고 죽으려면 살 것이다."

"그래, 단 500명의 우리 같은 오합지졸로 270기의 기마대와 1,000명의 병사들을 피해 없이 몰살시키신 분이야. 믿어보자고."

토마스가 주먹을 불끈 쥐며 말하자 그제야 베론도 마음이 진정된 모양이다.

베론은 초소 한편에 있던 상자를 가리키며 말했다.

"자네 말이 맞네. 내가 괜한 소리를 했나보이. 그나저나 출출하지 않아?"

"크크크크, 출출하지."

"그럼?"

"먹어야지."

베론이 웃으며 상자에서 통조림을 2개 꺼냈다. 준혁이 경비병들에게 야식으로 먹으라고 나눠준 물건이다.

"세상이 이런 신통방통한 물건이 또 어디 있을꼬."

"내말이 바로 그 말 아닌가. 우린 쭉 남방무사님만 믿고 가면 된다고. 이런 음식까지 내려주신 분 아닌가."

"맞아, 맞아."

맛있는 음식을 먹을 기대에 부푼 두 사람은 한 가지 중요한 사실을 잊고 있었다.

통조림은 추운 경계 업무를 마친 후 잠자리에 들기 전에 몸을 녹이라는 의미로 지급된 것이다. 근무 중에 임무를 포기하고 음식을 먹는 것은 군령에 의해 엄중한 처벌을 받을 행동이다.

토마스의 말에 맞장구를 친 베론은 얼른 목에 걸고 있던 가죽 끈을 풀었다. 가죽 끈에는 깡통 따개가 달려 있었다.

베론은 능숙하게 깡통 따개로 통조림 뚜껑을 딴 다음 모닥불 위에 걸었다.

"이번 깡통은 치킨 마카로니군."

"치킨 마카로니 좋지. 입맛 도는데?"

글을 모르는 병사들은 깡통을 따고 나서야 내용물을 확인할 수 있었다. 하지만 그 점은 아무 문제도 되지 않았다. 병사들에게 있어 깡통 속의 음식은 평생 한 번도 못 먹어본 최고의 요리였기 때문에 어떤 깡통을 열어도 만족할 수 있었다.

보글보글.

불과 몇 분 만에 기분 좋은 소리와 함께 치킨 마카로니가 맛있는 냄새를 내며 끓어올랐다.

두 사람은 누가 먼저랄 것도 없이 스푼을 들고 모닥불 주위에 앉았다.

"크, 오장육부가 살살 녹는구먼."

"이 맛은 어떻고. 정말 둘이 먹다가 하나가 죽어도 모를 맛이야."

게 눈 감추듯 통조림을 비운 두 사람은 조심스럽게 마른 풀잎을 뜯어 깡통 내부를 닦아낸 후 보따리에 챙겼다. 쇠그릇은 평민이 대부분인 병사들에게 무척 귀한 기물이니 하나도 버릴 수 없다.

그래서 병사들은 먹은 통조림 깡통들을 절대 버리지 않았다.

직접 사용해도 좋고 내다 팔아도 꽤나 좋은 가격을 받을 수 있는 귀물이기 때문이다.

배도 부르고, 몸도 따뜻해지고, 덤으로 깡통 하나까지 챙긴 두 사람은 초소 밖으로 나와 순찰을 돌기 시작했다.

"후딱 돌고 교대하자고."

"그래 조심해."

"조심은 무슨……. 오크 유적은 귀신도 안 오는 곳이잖아."

베론은 초소의 왼쪽을, 토마스는 오른쪽을 선택했다. 토마스는 시야에서 베론이 사라지자 툴툴거리기 시작했다.

"거참, 사람은 좋은데 워낙 겁이 많아서… 괜히 나까지 마음이 싱숭생숭해질 뻔했잖아."

천성이 낙천적인 토마스는 항상 약한 소리만 하는 베론이 마음에 들지 않았다. 베론은 보핑겐 영지군과의 첫 번째 전투에서 신호를 기다리지 않고 활을 쏜 두 명 중 한 명이었다.

"그렇게 얼차려를 받고도 아직도 정신을 못 차렸으니… 남방무사님이 말씀하셨던 고문관이 바로 베론일 거야. 그나저나 아~ 춥다. 얼른 돌고 들어가자."

안타깝게도 토마스의 작은 희망은 이뤄지지 않았다.

무너진 유적을 끼고 돌 때였다.

토마스의 눈에 한 사람의 모습이 포착되었다. 토마스는 반사적으로 들고 있던 창을 앞으로 쭉 내밀며 소리쳤다.

"정지! 정지!"

열심히 훈련한 보람이 있었다. 수상한 사람을 만났을 때의 행동수칙이 버릇처럼 순서대로 흘러나왔다.

문제는 갑자기 나타난 남자가 토마스의 명령을 따르지 않는데 있었다.

남자는 창을 무시하고 토마스에게 다가왔다.

토마스는 다시 소리쳤다.

"정지! 암구호!"

오늘의 암구호는 콜라와 사이다다. 햄과 버거니 샌드와 위치니 하는, 뜻 모를 이상한 발음의 암구호는 매일 오후 준혁이 직접 알려준다.

남자가 답어를 대지 않고 계속 다가오자 토마스는 당황했다.

"정지! 정지!"

남자는 여전히 멈추지 않았다. 토마스는 한 손으로 창을 잡고 또 한 손으로 호각을 꺼냈다.

‘경계 근무 시에는 공격보다 상황 전파가 더 중요하다고 하셨어.’

호각을 불려는 찰나 놀라운 일이 벌어졌다.

토마스는 자신의 몸을 검은 천이 휘감는 것을 느꼈다. 그는 몸을 휘감은 검은 천이 남자의 다리에서 뻗어 나온 그림자란 사실을 파악했다.

그림자는 살아 있는 것처럼 토마스의 몸을 조여왔다.

이제 남자의 정체는 밝혀졌다.

‘적이야.’

토마스는 두 가지 행동을 동시에 실행에 옮겼다.

우선 창을 남자의 가슴에 찔렀다. 그리고 호각을 불었다.

첫 번째 행동은 성공했다.

창이 남자의 가슴을 파고드는 느낌이 손에 전해졌다. 남자가 무너지듯 쓰러졌다.

‘됐어.’

하지만 그렇지 않았다. 그림자는 아직도 살아 있는 것처럼 토마스를 잠식하고 있었다.

두 번째 행동은 실패로 돌아갔다.

“삑!”

토마스는 의식을 잃으면서도 호각을 불었다고 생각했지만
그것은 사실이 아니었다. 토마스가 들은 호각 소리는 어디까
지나 그의 머릿속에서만 존재했다.

순찰을 마친 베론은 초소로 돌아왔다.
토마스는 이미 돌아와 초소 안에 서 있었다.
"여~ 토마스. 빨리 끝냈네?"
"……."
토마스는 아무런 대답도 하지 않았다.
"별일 없었어?"
"……."
이번에도 대답이 없었다. 대신 토마스가 밖으로 나왔다.
베론은 토마스의 얼굴이 백지장처럼 하얗게 변했다는 사실을
알아차렸다.
"어디 아파?"
"……."
여전히 대답을 하지 않은 토마스가 베론에게 다가왔다. 겁
이 덜컥 난 베론은 뒤로 물러나며 물었다.
"겁나게 왜 그래? 토마스."
"……."
대답 대신 토마스의 다리에서 검은 그림자가 쭉 뻗어왔다.

겁에 질린 베론은 창을 던져 버리고 병사들이 잠을 자고 있
는 천막 쪽으로 도망쳤다.

그 비겁한 행동이 베론을 살렸다.

아이러니한 일이다. 적에게 용감히 창을 들고 맞섰던 토마
스는 죽었다. 하지만 무기까지 버리고 도망친 베론은 목숨을
건졌다.

정신없이 도망치던 베론은 호각을 생각해냈다.

적으로부터 도망치고 있다는 죄책감으로 망설일 필요가
없었다. 죄책감 따위는 우선 살고 나서 생각할 문제다

지금 베론에게는 도움이 필요했다.

"호루루루룩! 호루루루룩!"

호각 특유의 높은 고음의 떨림소리가 오크 유적 전체에 불
길하게 울려 퍼졌다.

"헉! 헉!"

천막까지는 불과 50m에 불과하다. 그런 짧은 거리건만 베
론에게는 지상에서 천국보다 더 멀게만 느껴졌다. 베론은 숨
이 턱까지 차 헉헉거리며 천막에 도착했다.

다른 병사들이 옷도 못 입고 무기를 들고 몰려나오는 모습
이 보였다.

그 모습을 보니 다리에 힘이 풀린 베론은 땅바닥에 털썩 주
저앉고 말았다.

“무슨 일이야?”

“귀신, 귀신.”

“미쳤어? 무슨 귀신이 있다고 그래.”

병사들이 반쯤 정신이 나간 베론을 닦달했다.

그러자 베론이 손가락으로 천천히 다가오고 있는 토마스를 가리키며 말했다.

“저기… 저길 보라구, 안 보여? 토마스에게 귀신이 씌웠잖아. 악마야, 악마. 그림자가 살아 있어.”

병사들은 베론의 말을 무시했다.

“무슨 잡소리야? 멀쩡한 토마스에게 무슨 귀신 타령이야.”

“하여튼 이놈 새끼는 겁만 많아서……. 어디서 튀어나온 쥐새끼라도 본 모양이지.”

“하긴……. 그러니 고문관 베론이지. 이젠 놀랍지도 않다.”

병사들은 베론의 말에 흥미를 잃어버리고 다가오고 있는 토마스에게 소리쳤다.

“어이~ 토마스!”

“…….”

“교대 시간 다 됐지? 잠시 기다리라고! 얼른 장비 들고 나올 테니……. 토마스, 토마스!”

병사들의 말을 들었는지 토마스가 걸음을 멈췄다.

동시에 공격이 시작되었다.

그의 발치에서 그림자가 쭉 늘어나며 퍼지더니 병사들을 덮쳤다. 그림자는 살아 있는 것처럼 병사들의 몸을 타고 올라갔다.

"크으으으윽!"

"숨을 쉴 수 없어."

"이런!"

"그림자!"

병사들이 죽어가는 모습은 베론을 극심한 패닉 상태에 빠뜨렸다.

주저앉아 있던 베론은 몸을 땅에 끌며 점점 뒤로 물러났다.

"크윽, 크윽."

그림자가 병사들을 덮은 후 그들을 지우듯 잡아먹었다.

"끄으으윽!"

"크억!"

"아아아아악!"

가지고 있던 용기가 바닥났다.

베론은 자신이 이 자리에 있다는 사실이 너무 싫었다. 그가 살고 있던 깊은 골짜기 오두막이 사무치게 그리웠다.

"흐흐흑! 흑흑."

눈물이 먼지와 만나 검댕을 만들어냈다. 베론의 얼굴은 알아볼 수 없을 만큼 처참하게 변했다.

"죽기 싫어, 죽기 싫어, 살고 싶어."

살려면 일어나야 한다. 그리고 도망쳐야 한다. 베론은 말을 듣지 않는 근육을 억지로 달래 가까스로 몸을 일으켰다.

병사들을 잡아먹은 그림자가 다가오고 있었다. 베론은 미친 사람처럼 중얼거리며 몸을 돌렸다.

"도망쳐야 해. 미안해, 미안해, 모두 미안해."

하지만 늦었다.

그림자가 베론의 발목을 잡았다. 몸의 기운이 한꺼번에 빠져나가는 것 같았다.

"살려줘, 잘못했어. 잘못했어요, 살려주세요."

베론은 대상이 누구인지도 모르면서 열심히 빌고 또 빌었다.

그리고 베론의 염원에 응답이라도 하는 것처럼······.

빛이 있었다.

*　　*　　*

준혁은 매일 밤이면 한 번은 경계 근무를 서고 있는 병사들을 살피기 위해 던전 밖으로 나온다.

전투에 진 장수는 용서받을 수 있어도 경계에 실패한 장수는 용서받을 수 없다는 금언을 지키기 위해서다.

하지만 준혁이 오판한 사실이 한 가지 있었다.

경계를 하기 위해서는 적이 인간이라는 전제조건이 붙는다. 하지만 적은 인간이 아니었다. 인간이 아닌 적을 보통 병사들이 이길 수 있는 가능성은 오크 유적을 뒤덮고 있는 미세한 먼지만큼도 없었다.

준혁은 토마스에서부터 뻗어 나온 그림자를 발견했다.

그림자는 10여 병사의 체액을 빨아 미이라처럼 만든 후 마지막 한 병사의 다리를 휘감고 있었다.

'아르쥬가 말했었던 그림자. 흑마법사.'

준혁은 활을 집어 들었다.

오랜만에 들어보는 활의 무거운 감촉이 정겹기까지 했다. 그런데 막상 활을 쏘려하니 난감했다.

'사로잡아야 정체를 밝힐 수 있을 텐데……'

하지만 그럴 수 없었다.

그림자는 베론을 집어삼키기 일보 직전이었고 그 근원에는 토마스가 있었다. 토마스는 이미 죽었거나 의지를 상실한 것이 분명했다.

준혁은 망설임을 멀리 던져 버리고 화살을 발사했다.

목표는 토마스의 머리였다.

빛나는 화살은 토마스의 머리를 꿰뚫은 후 돌아와 다시 그의 심장에 박혔다.

토마스가 무너지듯 쓰러졌다.

그리고 그림자는 빨려들 듯이 베론에게 스며들었다.

더 이상 베론을 살릴 방법이 없었다.

안타깝지만 준혁은 베론에게 다시 화살을 겨누었다.

이번 화살도 베론의 머리와 심장을 관통했다. 베론의 몸이 넘어졌고 한 밤의 참사는 끝나는 듯 싶었다.

하지만 안도도 잠시 놀라운 일이 벌어졌다.

쓰러진 베론의 몸에 달라붙어 있던 그림자가 연기처럼 피어오르며 인간의 형체를 갖추기 시작했다.

놀라운 일이었지만 그동안 산전수전 다 겪어 단련될 대로 단련된 준혁의 몸은 즉각적으로 반응했다.

준혁은 뒤로 물러나며 연속으로 화살을 발사했다.

풋슝!

풋슝!

“……”

화살은 허무하게도 연기 인간을 관통해 버렸다. 화살과 연결된 마나를 조종해 돌아오게 한 화살도 결과는 마찬가지였다.

이윽고 연기가 완연한 인간의 모습을 갖췄다.

연기가 변해 나타난 인간은 70살도 넘어 보이는 하관이 날

카로운 노인이었다.

노인이 듣기 싫은 쇳소리로 웃었다.

"쿄쿄쿄쿄쿄. 그놈 화살 한번 매섭구나. 내 마법을 흩어놓다니……."

"……."

완전히 준혁을 무시하는 태도다. 노인은 뒷짐까지 지고는 천천히 걸음을 옮기며 독백하듯 중얼거렸다.

"화살에다 마나를 담는다. 기발한 생각이야. 하긴 검에 오러를 두를 수 있으니 못할 일도 아니지."

준혁은 화살을 쏠 준비를 하고 물었다.

"넌, 누구냐?"

돌아온 노인의 대답은 황당한 것이었다.

"나? 난……. 잠깐… 내가 누구더라?"

"나이가 많이 먹어 노망이라도 든 것이냐?"

준혁이 쏘아 붙이자 바보처럼 웃고 있던 노인의 안색이 굳어졌다.

"오랜만에 신기한 인간을 봐서 호기심이 생겼더니만 감히 내가 무서운 줄도 모르고 기어오르는구나."

말이 끝나기가 무섭게 노인의 신형이 흩어졌다.

"헛!"

준혁은 다시 뒤로 물러났다.

하지만 노인이 더 빨랐다.

예의 그림자 인간으로 변한 노인이 보자기처럼 준혁을 감싸 버렸다.

앞이 보이지 않았다. 숨도 쉴 수가 없었다. 하지만 이런 문제는 아주 사소한 것이었다. 준혁은 보이지 않아도 감각으로 대상을 파악할 수 있었고 숨을 쉬지 않아도 족히 10여 분 이상 몸을 움직일 수 있는 능력을 가지고 있었다.

준혁을 괴롭게 만든 것은 한 번도 겪어 보지 못한 이상한 현상이었다.

"크으으윽."

몸의 힘이 수압이 센 수도꼭지를 튼 것처럼 빠져나갔다.

"넌 내 거야."

노인 말했다. 아니, 말한 것 같았다. 목소리는 귀가 아닌 머릿속에서 울려 퍼졌다.

준혁은 흐트러지려는 정신을 집중하려 노력했다.

"생각 이상으로 많은 힘을 가지고 있는 아이로구나. 이상해, 이상한 일이다."

"개소리."

준혁은 이를 악물고 대꾸했다.

아직 손에는 활이 들려 있었다. 한 발의 화살이면 그림자를 다시 연기로 흩어 버릴 수 있을 것 같았다.

하지만 준혁의 절박한 시도는 수포로 돌아갔다.

"안 되지, 안 되지. 난 너의 생각과 움직임을 알 수 있단
다."

"……."

그림자가 준혁의 손에서 활을 빼앗았다.

오러가 모두 빠져나가자 몸속에 녹아 있던 루나스톤마저
노인에게 흡수되기 시작했다.

"배부르다, 배불러. 내 수백 년을 살아오면서 너같이 많은
오러를 한 몸에 담고 있는 인간은 처음이다. 운수 대통인 날
인 걸? 어쩌면 마지막 남은 벽을 깰 수도 있음이야."

이건 숫제 준혁을 도시락이나 보약 정도로 취급하는 수준
이다.

하지만 도리가 없었다.

준혁은 노인에 의해서 거미줄에 묶여 먹히길 기다리는 곤
충 같은 신세였다.

마지막 루나스톤이 빠져나가는 느낌이 죽음의 신호로 느
껴졌다.

몸을 채우고 있던 오러와 루나스톤의 힘이 모두 빠져나가
자 오직 준혁 본신의 힘만이 남았다.

한 줌도 안 되는 본신의 힘이 빠져나가는 데 필요한 시간은
불과 몇 초에 불과했다.

'유라.'

최후를 예감한 준혁은 아내의 이름을 불렀다.

하지만 이상하게도 떠오르는 얼굴은 유라가 아니라 아르쥬였다.

"……?!"

그때 도저히 설명할 수 없는 일이 일어났다.

한 줌밖에 안 되는 힘이 끊길 듯 끊길 듯 끊이지 않으며 아슬아슬하게 유지되었다. 그뿐이 아니었다.

거미줄보다 작은, 훅 불면 꺼질 것 같이 미세한 힘은 오히려 줄어들지 않고 조금씩 힘을 키워나가기 시작했다.

급기야 힘은 폭포처럼 뿜어져 나와 노인에게 흘러 들어갔다.

"너, 이놈. 너… 넌 누구냐."

"……."

오히려 준혁이 묻고 싶었다.

준혁은 지금 자신이 의식을 잃지 않고 있다는 사실 자체를 기적으로 생각하고 있었다.

하지만 기적은 일어났다.

준혁은 힘을 잃기는커녕 점점 더 생기를 되찾고 있었다.

이유를 찾던 준혁의 머릿속에 문득 한 가지 가정이 떠올랐다.

‘설마!’

그제야 준혁은 힘의 정체를 깨달았다.

이 힘의 정체는 바로 준혁을 인간 같지 않게 해준, 토라에 도착해서 얻은 힘. 바로 달의 힘이었다.

“…….”

생각해 보면 이상한 일이었다. 토라에 도착하자마자 조건 없는 엄청난 힘이 준혁에게 주어졌다.

‘당연하다고 생각하고 있는 것 자체가 이상한 일이었어. 성찬 형에게는 그런 힘이 없었잖아.’

준혁은 자신이 경험한 사실과 알고 있는 정보를 재조합하기 시작했다.

다행인 점은 노인의 상태였다.

노인은 무제한 들어오는 힘에 취해 준혁에 대한 관심을 잠시 끊고 있었다.

‘난 토라에 오자 힘을 얻었지. 악마의 달이 뜨자 그 힘은 몇 배로 강해졌어.’

그래서 준혁은 자신이 가진 힘이 달의 힘이라고 생각했다. 토라의 달은 지구의 달과 달리 기묘한 힘을 가지고 있었다. 그 생각을 뒷받침 하는 것은 악마의 달이 떴을 때 일어나는 여러 가지 이상 현상이었다.

‘그러고 나서 루나스톤을 몸에 넣고 오러를 익혔어.’

사실이 아니다.

준혁이 루나스톤을 몸에 넣은 시점은 토라에 도착한 후가 아니라 지구에서 부터다.

유라는 커피 믹스에 루나스톤 가루를 섞어 준혁에게 복용시켰다.

'왜?

자연스럽게 의문이 생겼다.

'왜 지금까지 이런 의문을 가지지 못했을까?

대답은 하나였다.

준혁이 배운 오러는 사용하기 쉽고 파괴적인 힘이었다. 단순히 위력만을 따지자면 달의 힘은 결코 오러가 가진 힘에 미치지 못했다.

주로 오러를 사용하다 보니 점차 달의 힘을 사용할 기회가 사라졌다.

준혁은 떠오른 상념을 떨쳐 버렸다.

지금 중요한 것은 왜 달의 힘을 사용하지 않았느냐가 아니다.

'지금까지는 유라가 목적이 있어 나에게 루나스톤 가루를 먹여 미리 힘을 가질 수 있는 토양을 만들었다고 생각했어. 하지만……'

모공이 송연해진다는 표현이 있다.

등골이 오싹해진다는 표현도 있다.

준혁은 그런 두 가지 느낌을 동시에 받았다.

'설마……'

준혁은 한 가지 가정을 세웠다. 그 가정은 정말로 무서운 것이었다.

'혹시 내가 달의 힘을 사용하는 것을 막기 위해서?

루나스톤을 이용한 오러를 사용하면 달의 힘을 사용할 기회가 줄어든다. 이는 이미 준혁이 경험한 사항이다. 만일 유라가 루나스톤을 일종의 준혁에 대한 봉인으로 사용했다면?

"……"

지금의 현상을 살펴보면 확실히 타당한 가정이다.

루나스톤의 힘이 모두 빠져나간 후 달의 힘은 봉인되었던 자물쇠를 풀고 터져 나오고 있었다.

살짝 주먹을 쥐어 보았다.

의지만으로 달의 힘이 휘몰아쳐 손으로 모여들었다.

힘이 느껴졌다.

그 힘은 단순히 물리적인 힘이 아니었다.

공기마저 압축해 고체를 만들 수 있을 것 같은 그런 전지전능한 힘이었다.

준혁은 자신의 생각을 실천에 옮겼다.

우선 손을 들어 올렸다.

뜨드드드득!

그림자가 늘어나며 듣기 싫은 소리를 만들어냈다.

그러자 노인이 말했다.

"그림자는 결코 사라지거나 나눠지지 않는다. 얌전히 힘을 빨리고 죽어라. 이제 얼마 남지 않았다. 마지막 벽은 갈라지고 있다."

준혁은 아랑곳하지 않고 두 손을 모아 손등끼리 마주 댔다. 그리고 그림자를 잡은 후 힘껏 양옆으로 벌렸다.

찌이이이익!

놀랍게도 천이 찢어지는 소리와 함께 형체가 없는 그림자가 갈라졌다. 준혁이 그림자를 잡아 찢은 것이다.

"크아아아악! 뭐, 뭐하는 거냐."

준혁은 멈추지 않았다.

이번에는 갈라진 그림자를 그물을 당기듯 손으로 훑으며 잡아당겼다. 그리고는 실체가 없는 그림자를 잡아당겨 모아 수건 짜듯 비틀었다.

"크악! 안 돼, 멈춰라."

준혁은 감정 없이 대꾸했다.

"돼, 돼, 돼. 싫어, 싫어, 싫어."

졸지에 그림자 뭉치가 되어버린 노인이 발악을 시작했다. 그림자가 준혁의 손가락 사이로 장어처럼 새어 나가려 했다.

준혁은 그런 그림자를 주먹밥을 뭉치듯 뭉쳐 손아귀에 넣었다.

노인도 반항을 멈추지 않았다.

그림자가 연기로 변하기 시작했다.

연기는 손으로 잡을 수 없다. 준혁은 당황했다. 이대로 노인을 놓칠 수 없었다. 그래서 더 힘껏 손아귀에 힘을 줬다.

준혁의 힘은 가공할 만했다.

"끙차! 죽어, 죽어!"

연기가 수증기가 응축되어 물방울로 변하듯이 차츰 검은 물로 변해 버렸다.

"크윽! 조금만, 조금만 더 시간이 있었다면……. 벽을… 마지막 벽을 뚫을 수 있었는데……."

"벽 같은 소리하고 있네. 죽어, 제발 죽어!"

준혁은 다시금 온몸의 힘을 끌어모아 검은 물을 쥐어짰다.

"끄억."

그렇게 힘을 주자 이윽고 검은 물이 검은 돌로 변해 버렸다. 그리고는 검은 가루로, 검은 가루는 눈에 보이지 않는 미세한 먼지로 변해 버렸다.

준혁은 멈추지 않았다.

"악!"

외마디 소리를 지르며 마지막 힘을 가하자 먼지가 증발해 버렸다.

준혁은 그림자로 변한 인간을 순수한 본신의 힘만으로 기체에서 돌로, 돌에서 가루로, 가루를 먼지로, 그리고 먼지를 무로 돌려 버린 것이다.

자신이 해놓고서도 도무지 믿기지 않는 엄청난 일을 저지른 준혁은 흥분해서 고래고래 소리쳤다.

"더 말해봐. 더 떠들어 보라고."

하지만 더 이상 들리는 소리는 없었다.

바람이 부는 오크 유적에 남은 것이라고는 말라비틀어진 미이라로 변한 병사들의 시체와 준혁, 그리고 유적 반대편에서 경계 근무를 서고 있다가 달려온 나머지 병사들뿐이었다.

준혁은 루나스톤을 몸에 넣지도, 오러를 수련하지도 않기로 결정했다.

김성찬은 준혁의 말을 이해하지 못했다.

"오러를 버린다고?"

"그래. 어차피 루나스톤을 다 잃어서 쓸 수도 없기도 하고."

"넣으면 되지. 간단하잖아."

"아냐, 싫어."

준혁은 고집을 부렸다.

김성찬은 그런 준혁을 설득하려 했다..

"활은 어쩌려고……. 화살을 쏠 순 있겠지만 오러를 사용할 때만큼의 위력을 발휘하지 못할 걸?"

김성찬의 지적은 확실히 타당했다.

하지만 그럼에도 불구하고 준혁은 고집을 꺾지 않았다.

준혁은 오러를 사용해서는 벽을 넘을 수 없다는 확신을 가지고 있었다.

"그럼 수련은 어떻게 할 건데. 록키 영화에서처럼 장작패기라도 할거야?"

"일단 몸을 피곤하게 만들려고……. 오러나 마력과 마찬가지로 달의 힘도 고갈 상태가 되면 더 강해지는 것을 느꼈어."

준혁은 완강했고 결국 김성찬은 준혁을 설득하길 포기해야 했다.

"네 맘대로 해라. 그건 그렇고 함교 말인데……."

"함교가 왜? 무슨 문제라도 있어?"

"전체 기능은 활성화시켰는데 정작 중요한 마나 엔진이 시동이 안 되네."

마나 엔진은 마나석으로부터 받은 마력을 부양력과 추진력으로 바꾸어 비공정을 움직이게 하는 핵심 장치다.

즉 마나 엔진을 시동하지 못하면 비공정은 멋진 디자인의 호텔일 뿐이었다.

"짐작 가는 이유라도 있어?"

"마나석의 봉인이 하나 더 있는 것 같아."

"내 피 말고도 하나 더?"

"그래. 어쨌든 난 방법이 없어. 내 생각에는 두 번째 봉인
역시 너에게 달렸어."

"내가 무슨 재주로……."

"첫 번째 봉인은 재주가 있어서 풀었나? 잔말 말고 함교로
가서 방법을 찾아내."

"……."

무언가 앞뒤가 맞지 않았지만 딱히 다른 방법도 없었다.

준혁은 함교로 달려가 마나석 앞에 섰다.

봉인이 풀려 맥동하며 푸른 마나를 뿜어내는 마나석의 모
습은 비현실적이리만큼 신비로웠다.

준혁은 살아 있는 것 같은 마나석을 쓰다듬으며 말했다.

"너 고집쟁이구나."

당연히 대답은 없었다.

머쓱해진 준혁은 자신이 생각해 낼 수 있는 모든 방법을 동
원해 두 번째 봉인을 풀기 위해 노력했다.

우선 손가락에 상처를 내 나온 피를 마나석에 다시 뿌렸다.

"양이 부족했을 수도 있어."

　과하다 싶을 정도로 많은 피를 뿌려보았지만 아무런 변화
도 일어나지 않았다.

　실망한 준혁이 두 번째로 선택한 방법은 피는 아지만 피처
럼 DNA를 가진 액체, 즉 오줌을 뿌리는 일이었다.

　그 모습을 본 김성찬이 기겁하며 말했다.

　"그러다가 정액까지 뿌리겠다."

　준혁의 대답은 단호했다.

　"봉인만 풀 수 있다면 기꺼이……."

　"미친 놈."

　"크크크크크."

　결과적으로 체액도 피처럼 효과가 없었다.

　김성찬도 보고만 있지는 않았다.

　그는 자신이 알고 있는 모든 마법해제 주문을 마나석에 쏟
아부었다.

　물론 효과는 전혀 없었다.

　그렇게 성과 없는 일주일이 지나갔다.

　준혁과 김성찬은 토라에 온 후 처음으로 호사를 누리기로
결정했다.

　두 사람은 지금까지 지내고 있던 던전의 방에서 비공정으
로 숙소를 옮겼다.

비공정의 장교숙소는 뜨거운 물이 나오는 샤워부스와 포근한 침대가 완비되어 있으니 구태여 궁상을 떨 필요가 없다.

준혁의 일상은 침대에서 눈을 뜨면 부터 밤늦게까지 함교로 달려가 마나석의 봉인을 푸는 것이었다.

생각할 수 있는 모든 방법을 시도해 봤지만 성과는 없었다.

그러던 어느 날이었다.

이날도 준혁은 침대에서 일어나 뜨거운 물로 샤워를 하고 식사를 마친 다음 함교로 올라갔다.

함교에는 이미 김성찬이 무언가를 하고 있었다.

준혁은 진지하게 물었다.

"형, 진심이냐?"

"지성이면 감천이라고 했어."

"아무리 그래도……."

"다른 방법 있으면 이야기해 줘."

"……."

"없지? 없으면 말을 말아."

김성찬이 방긋 웃고 있는 돼지 머리를 테이블에 올리며 대꾸했다. 김성찬이 차린 것은 고사상이었다.

"돼지 머리는 어디에서 났어?"

"루돌프 자작에게 특별히 부탁해 구했지. 잘생겼지?"

“…….”

당연히 제사는 실패로 돌아갔다.

준혁은 잘 삶은 돼지 머리를 평평한 바위로 눌러 머리고기를 만들었다. 식품창고에서 생선을 발효해 만든 피쉬소스도 찾아왔다.

“맛은 있네.”

“그렇지?”

“이제 어쩔 셈이냐?”

“몰라.”

준혁은 머리를 흔들며 들고 있던 술잔을 내려놓은 다음 마나석으로 다가갔다.

그리고 온몸으로 마나석을 안은 다음 소리쳤다.

“제발 반응 좀 하라고!”

준혁은 비공정이 꼭 필요했다.

비공정은 하늘을 제압할 수 있게 만들어준다.

보핑겐 영지에 모여들고 있는 귀족파 연합군에게 비공정은 완벽한 무기였다.

유라 때문에도 비공정은 필요했다.

유라는 비공정을 보유한 마법사들과 함께 있다. 팔찌의 빛에 의지해 유라를 찾더라도 하늘을 날 방법이 없으면 닭 쫓던 개 지붕 쳐다보는 꼴이 될 수도 있다.

하지만 사실 이런 이유들은 부차적인 문제에 지나지 않았다.

비공정은 준혁 스스로도 알지 못하는 자신에 대한 비밀의 열쇠였다.

비공정은 분명히 자신과 어떤 연관이 있다.

준혁은 비공정을 가동시키면 자신과 비공정 사이에 있는 연결고리를 찾을 수 있다고 믿고 있었다.

"제발! 플리즈! 부탁해!"

김성찬이 준혁의 행동을 비웃었다.

"관둬라. 보기 흉하다."

"나도 알아. 하지만 방법이 없잖아."

준혁은 마나석을 어루만지며 다시 말했다.

"제발 움직여줘. 내 심장이라도 꺼내줄게."

그 말이 끝나기가 무섭게 마나석이 진동했다.

그그그그그그그.

동시에 마나석 위의 천장이 열리고 멜론만 한 크기의 붉은 루비 구슬이 내려왔다.

"……?!"

"……?!!"

놀라움도 잠시, 루비 구슬은 단단한 마나석이 액체라도 되는 것처럼 마나석 안으로 쑥 들어갔다.

마나석 안의 루비 구슬이 영롱한 빛을 뿜어냈다.

그리고…….

부우우우우우웅!

심장이 떨리는 것 같은 낮은 저음과 함께 비공정이 흔들렸다.

"봐!"

김성찬이 지면을 보여주고 있던 화면을 가리켰다.

화면속의 지면이 조금씩 멀어지고 있었다.

두 사람은 서로를 바라보았다. 그리고 손뼉을 마주쳤다.

비공정이 중력을 떨쳐 버리고 떠오른 것이다.

마나석 안으로 루비 구슬이 들어가자 또 한 가지 변화가 일어났다.

그 변화를 발견한 사람은 김성찬이었다.

"저건 뭐야?"

"문 아냐?"

어느새 함교 뒤편 나무 벽이 열리면서 작은 문이 생겨나 있었다.

문을 열려던 김성찬이 말했다.

"안 열리는데?"

"내가 해볼까?"

준혁이 당기자 어이없게 문은 힘없이 열렸다.

"사람 차별하는 것도 아니고……."

"……."

문 뒤편에는 의자 하나가 있는 작은 공간이 있었다. 특이한 점은 방의 벽과 바닥과 천장이었다. 벽과 바닥과 천장에는 기하학적 문양이 빼곡하게 그려져 있었다.

"뭐 같아?"

"글쎄, 마법진 같아 보이기는 하는데……."

김성찬도 확신 하지 못했다.

조금 더 확실히 살펴볼 필요가 있었다.

"들어가 봐야겠지."

준혁은 방으로 들어갔다.

동시에 부웅 소리와 함께 방의 문이 닫혔다. 졸지에 준혁은 방에 갇히고 말았다.

"……."

놀라움도 잠시 벽의 문양들이 빛을 내기 시작했다. 그 모습은 마치 서울 어느 번화가의 네온사인이 깜빡이는 것처럼 보였다.

준혁은 무언가에 홀린 것처럼 의자에 앉았다.

그리고 비로소 깨달았다.

'난 이 방에 온 적이 있어.'

　수만 장의 사진을 눈앞에 무작위로 펼쳐놓은 것처럼 온갖 기억이 동시에 준혁의 머리를 강타했다.

　준혁은 쏟아지는 정보량을 이기지 못하고 기절하고 말았다.

Chapter 56
기억

　허리까지 늘어트린 검은 머리카락이 특징적인 남자가 비공정을 배경으로 세워진 단상 위에 서 있다.

　남자의 뒤에는 나이를 가늠할 수 없는 하얀 로브를 입은 노인 여덟 명이 시립해 있었다.

　남자가 단장에 오르자 제복처럼 하얀 로브를 걸친 수만 명의 사람이 동시에 부복했다.

　사람들은 두 손을 하늘로 올리며 소리쳤다.

　"영원의 지배자시여!"

　"신의 대리인이이여!"

"비천한 마나의 종복이 위대한 존재를 뵙습니다."

남자는 그들의 찬사와 복종을 스스럼없이 받아들였다.

당연했다.

남자는 비길 데 없이 홀로 선 존재였고, 인간은 발에 밟히는 개미보다 비루하고 나약한 존재다. 남자에게는 저들을 보살피고 깨우치게 만들어 미래로 이끌 책임이 있었다.

그러니 인간이 남자에게 바치는 영광은 홀로 남자의 것이다.

잠시 인간들의 복종을 즐기던 남자가 드디어 입을 열었다.

"신의 영광이 증명되었다. 악마가 물러났다. 나는 선언한다. 전쟁은 끝났다."

남자의 선언이 끝나자 환호성이 터져 나왔다.

인간들은 울부짖으며 경배했다.

"만세!"

"만세!"

"신에게 영광을!"

"신의 대리인께 축복을!"

수백 년에 걸친 피의 시대가 끝났다.

악마와의 전쟁은 인간에게 모든 것을 앗아갔다.

송어가 헤엄치던 맑은 계곡은 인간의 피로 채워졌고, 황금빛으로 익은 밀이 넘실대던 대지에는 인간의 뼈가 쌓였다.

피는, 뼈는, 모두 여기 서 있는 인간들의 아내가, 아버지가, 아들이, 딸이 죽어 남긴 것이다.

하지만 악마는 물러갔고 인간의 시대가 도래했다.

신의 힘을 빌린 인간은 악마를 물리칠 정도로 강했다. 이제 신의 힘을 가진 인간에게 남은 것은 밝은 미래뿐이다.

하지만 환호도 잠시!

인간들이 결코 예상하지 못했던, 그래서 더 비참했던 선언이 남자의 입에서 선고되었다.

손을 들어 환호하고 있던 인간들을 침묵하게 한 남자가 말했다.

"신은 말씀하셨다. 악마는 사라졌다. 그래서 나는 신의 대리인으로서, 홀로 선 자로서, 스스로 위대한 존재로서 선언한다."

인간들의 시선이 남자에게 모였다.

"지금 너희가 가지고 있는 힘은 신의 힘, 즉 그 힘은 신께서 스스로를 드러내시기 위해 창조하신 나 이외의 존재에게는 불합리하고, 불공정하고, 불필요한 능력이다. 나는 신의 대리인으로서 너희들에게 부여된 힘을 회수한다."

"……."

"……."

악마를 물리쳤다는 열광으로 가득 차 있던 광장이 어둡고 싸늘한 한기가 감도는 장소로 변했다.

"물론 아쉬울 것이다. 하지만 더 이상 손을 흔드는 행동만으로 산을 옮겨 평지를 만들고, 하늘을 날고, 공간을 접어 격하는 일들은 없다. 이제 인간은 자신의 손으로 발로 땀을 흘려 삶을 영유해야 한다."

남자는 안타깝다는 표정으로 덧붙였다.

"신은 인간을 사랑하신다. 하지만 신은 인간이 의지하지 않으며 나약하지 않길 바라신다. 이는 신은 인간을 사랑하시기 때문이다."

"……."

"……."

ㅡ신은 인간을 사랑한다.

이 문장은 절대 명제나 다름없었다. 하지만 신의 대리자로부터 이 말이 언급되었음에도 인간들은 반응하지 않았다.

오히려 인간들 사이를 감돌던 한기는 더욱 차가워져 북풍한설을 연상시켰다.

당황한 남자가 다시 말했다.

"이는 신의 뜻이다."

이 말에 대한 대답은 단 한 가지 '신의 뜻은 완전하며 무결하다’였다.

하지만 남자가 기대한 말은 나오지 않았다.

대산 한 인간이 일어나 대지를 두발로 딛고 소리쳤다.

“옥토퍼스의 말은 사실이었다.”

그 말을 들은 남자의 표정이 어두워졌다.

옥토퍼스는 남자의 등 뒤에 서 있는 인간들의 지도자인 여덟 명의 장로를 일컫는 단어다. 다시 말해 옥토퍼스는 이미 신이 인간에게 부여된 힘을 회수할 것을 알고 있었을 뿐만 아니라 그 사실을 인간들에게 알렸다는 의미였다.

이는 반신의 위치에 서 있는 남자도 미처 예상하지 못했던 결과다.

또 다른 인간이 소리쳤다.

“신은 인간을 버렸다.”

다른 인간도 소리쳤다.

“신은 인간을 사랑하지 않는다.”

목소리는 이어졌다.

“아니, 신은 인간을 미워한다.”

“당초 신이 완전하고 무결하다면 악마는 누구의 창조물인가?”

“그렇다. 악마는 신의 창조물이다. 신은 악마를 통해 인간을 벌준 것이다.”

"내 아내가, 그 아내의 자식이, 자식의 할아버지 할머니가, 그 할머니의 자식들이 악마에게 죽었다. 이를 단순히 벌이라고 말할 수 있는 것인가?"

"맞다. 신은 악마로 인간을 농락했다. 이는 유희다."

"신은 인간을 가지고 논 것이다."

"자신의 창조물에게 불행을 던져주고 울부짖음을 보며 즐거워했을 신은 이미 신이 아니다. 신으로서의 자격을 잃을 것이다."

"악마와 신이 다른 점이 무엇인가?"

"신은 악마의 다른 이름이다."

분위기는 점점 더 격양되어 갔다.

그리고 그에 따라 남자의 표정도 점점 더 굳어졌다.

남자는 분노하고 있었다.

그에게 신은 처음이자 끝이며 아버지이며 곧 자신의 다른 이름이기도 했다.

남자는 마나를 목소리에 담아 크게 소리쳤다.

남자의 마나가 얼마나 대단한지 그의 말은 수만의 인간 개개인의 귓속에 선명하게 메아리쳤다.

"비루한 인간들이여. 감히 신의 행사에 대항하는 것인가?"

대답이 있었다.

"그렇다."

목소리가 들림과 동시에 허리 어림이 뜨끔했다.

뾰쪽하고 차가운 무언가가 허리 거죽을 뚫고 몸속에 박혔다.

또 목소리가 들렸다.

"토라는 인간의 것이다."

또 하나의 단검이 심장을 찔렀다.

"그리고 인간은 우리의 것이지."

단검이 남자의 목을 후두부를 허파를 찔러왔다.

그렇게 찔러진 단검의 숫자는 모두 여덟 개.

남자가 무너지듯 쓰러졌다.

그리고 그런 남자를 짓밟고 여덟 명의 노인이 우뚝 섰다.

노인들은 입을 모아 외쳤다.

"이제 신과 인간의 연결고리는 끊어졌다."

"토라는 인간의 것이다."

"토라 만세!"

"인간 만세!"

노인들의 흥분을 감추지 못한 탐욕스러운 목소리를 들으며 남자의 눈이 천천히 감겼다. 의식이 육체를 떠나 흩어지고 있었다.

'심장을 꺼내놓는 실수만 하지 않았다면…….'

남자는 후회했다.

은둔하고 있던, 그리고 인간을 세상을 관조하고 있던 남자를 깨운 것은 악마였다.

어느 날 토라에 나타난 악마는 상상하기 힘들만큼 강했다.

인간은 삶의 터전을 잃고 속절없이 밀려났고 종으로서의 존재 자체를 위협받아야 했다.

남자는 신이 자신에게 부여한 의무를 다하기 위해 세상에 나왔다.

인간은 신의 대리자를 자처하는 남자를 믿지 않았다. 인간들에게 신은 이미 잊혀진 전설 속의 존재였다.

남자는 오직 힘으로 인간들에게 자신의 존재를 입증했다.

산이 무너지고 바다가 메워졌다.

악마와 대등하게 싸우는 남자의 모습을 본 인간들은 비로소 그를 신의 사자로 인정했다.

악마는 강하고 또 강했다.

남자는 인간들에게 신의 힘을 나눠주었다. 인간들은 남자가 준 힘을 스펀지처럼 받아들이고 발전시켰다.

인간의 발전은 그들을 보살펴야 하는 존재로만 생각하던 남자조차도 놀랄 정도로 눈부셨다.

하지만 완벽하게 악마를 몰아내기엔 이미 인간의 피해가 너무 컸다.

인간은 전성기 시절의 10분지 1정도의 숫자만 남아 사투를 벌이고 있었다.

그런 와중에 인류 최대의 발명품이 만들어졌다.

비공정.

비공정은 마나의 조종인 남자조차도 깜짝 놀랄 발명품이었다.

하늘을 제압하자 조금씩 조금씩 밀리기만 하던 전세가 뒤집어지기 시작했다.

악마들도 마냥 밀리지만 않았다.

악마들은 그들이 최초로 강림했던 땅에 모여들어 반격을 준비했다.

그렇게 모인 악마가 수십만.

각개 격파를 목적으로 만들어진 기존 비공정만으로는 감당할 수 없는 숫자였다.

남자는 최후의 수단을 준비했다.

그렇게 만들어진 것이 초거대 광역제압용 비공선 '해르모르수'였다. 해르모르수는 모든 물질을 무(無)로 돌릴 수 있는 가공할 만한 위력을 지니고 있었다.

그 위력에 걸맞게 해르모르수를 가동하기 위해서는 다른 비공정 40~50대의 사용분보다 많은, 엄청난 양의 마나가 필요했다.

인간들이 남자의 심장을 흉내 내 만든 마나석만 가지고는
비공정이 소모하는 마나를 감당할 수 없었다.

결국 남자는 한 가지 중대한 결정을 했다.

남자는 자신의 심장을 꺼내 해르모르수의 동력으로 삼았
다.

선택은 탁월한 결과를 만들어 냈다.

해르모스수는 인간과의 최후의 일전을 위해 모인 수십만
의 악마 군단을 휩쓸어 버렸다.

그 결과로 전쟁이 끝났다.

신이 승리했다.

인간이 승리했다.

그리고 그 인간이 남자를 배신했다.

심장을 빼내지 않았다면 남자는 한낱 단검 몇 자루에 찔렸
다고 죽을 리 없다. 하지만 후회한다고 해서 결과는 변하지
않았다.

남자는 의식을 잃어가는 와중에도 신에게 절실하게 기도
했다.

의외지만 남자도 인간들처럼 단 한 번도 신의 존재를 목격
한 적이 없었다.

그래서 죽음을 앞둔 남자의 기도가 더 간절했는지도 모른
다.

'신이여, 아버지시여, 스스로 존재하는 그러한 님이시여. 제게 그 모습을 보여주십시오.'

남자는 인간의 배신에 분노하지도 자신의 죽음을 원망하지도 않았다.

그래서 남자의 기도에는 왜라는 의문사가 들어 있지 않았다.

응답이 있었다.

우선 남자가 형체를 남기지 않고 문자 그대로 단상 위에서 사라졌다.

남자의 육신이 먼지조차 남기지 않고 사라지자 인간들이 당황하는 모습이 보였다.

남자는 인간들이 모여 있는 대지가 반도로, 반도가 대륙으로, 대륙이 행성으로 변하는 모습을 보았다.

기다리던 순간이다.

남자는 경건한 마음으로 창조자를 맞이할 순간을 기다렸다.

하지만 응답은 남자가 원하는 그런 방식이 아니었다.

순간이, 잠시가, 일 분이, 한 시간이, 하루가, 일 년이 흘렀다.

남자는 육신을 잃고 정신만 남은 상태로 스스로 인지하지 못하는 기간 동안 토라 주위를 떠돌았다. 남자가 할 수 있는 일은 그가 신에게 부여받은 임무, 바로 관조였다.

자신이 힘을 회수했음에도 바람과 달리 토라는 급격하게 발전했다.

인간은 루나스톤의 힘을 빌려 유사 인종을 멸하고 토라의 주인으로 군림했다.

아니, 정확히 말하면 인간의 군림이 아니었다.

실제로 토라에 군림한 주체는 남자를 암격했던 여덟 노인, 즉 옥토퍼스였다. 옥토퍼스는 대를 이어 토라의 신으로 인간 위에 군림했다.

그러면서도 한편으로는 가증스럽게도 신을 위한 사당을 지어 신의 위대함을 설파했다. 우매한 인간들은 거짓 성전에서 거짓 신을 믿으며 신을 부르짖었다.

자신을 암격한 이들이 번성하는 모습을 보고 남자는 좌절했다.

좌절은 분노로 이어졌다.

여전히 답이 없는 신의 의지를 이해할 수 없었다.

남자는 스스로도 옥토퍼스인지 신인지 모를 대상에 복수를 맹세했다.

시간을 나타내는 형용사가 천 년을 넘어 이천 년에 이르렀을 때 남자는 빛을 보았다.

또 얼마의 시간이 흘렀다.

남자는 상상할 수 없는 이기가 가득 찬 어떤 세상에 서 있었다. 그 세상은 마나의 힘을 빌리지 않고도 영상과 사진을 수천 킬로까지 보낼 수 있었고 불과 사람만 한 크기로도 수십만 명을 죽일 수 있는 무기를 가지고 있었다.

하지만 그런 모든 것은 남자에게 아무런 의미도 없었다.

남자는 살아 있었지만 살아 있는 존재가 아니었다.

그리고 그녀가 나타났다.

유라는 말했다.

"그 꽃은 패랭이꽃이야."

그 순간까지 준혁에게 타인의 언어는 의미 없는 공기의 떨림에 지나지 않았다. 하지만 그때부터는 아니었다.

공기가 준혁에게 속삭였다.

―깨어나.

준혁은 긴 잠에서 깨어났다.

＊　　＊　　＊

문을 열고 방을 나온 준혁의 눈빛은 생기를 잃은 듯 공허했
다.

초조하게 준혁을 기다리고 있던 김성찬이 물었다.

"괜찮아? 무슨 일이야? 너 일주일이나 그 방에 있었어."

그 말을 듣고 보니 배가 고팠다.

준혁은 말했다.

"맛있는 음식과 좋은 술이 필요해."

"……."

굳게 다문 준혁의 입에서 더 이상 대답을 들을 수 없다는
사실을 깨달은 김성찬이 주방으로 달려가 요리를 시작했다.

요리가 끝나자 마침 돌아온 아르쥬와 준혁과 김성찬이 한
자리에 앉았다.

세 사람은 말없이 먹고 마셨다.

배를 채우고 술기운이 올라오자 준혁은 자신이 보고 들은
이야기를 시작했다.

"그런……."

"설마……."

"말도 안 돼."

"그럴 수가……."

처음에는 신기한 이야기에 맞장구치던 아르쥬와 김성찬이
말을 잊어갔다. 그만큼 준혁의 말은 충격적인 것이었다.

준혁의 이야기가 끝나자 잠시 침묵이 흘렀다.

세 사람은 말없이 술잔을 기울였다.

술병이 테이블의 절반을 채울 무렵 김성찬이 입을 열었다.

"휴～ 정말 믿기 힘든 이야기다."

"나도 그래. 솔직히 말해서 나도 잘 모르겠어. 내가 본 영상은 마치 영화 같았어. 도무지 감정이입이 되지 않더라고……."

하지만 준혁이 본 영상이 거짓일 가능성은 없었다.

거대한 비공정 헤르모르수가 떡하니 남아 있었고, 마나석이 있었고, 루비, 즉 드래곤 하트가 존재했다.

게다가 영상에는 준혁이 지구에서 겪은 일까지 포함되어 있었다. 거짓으로 만들려 해도 만들 방법이 없다.

"영상의 내용이 사실이라면 결국 네 무의식 속에 숨어 있던 기억이 어떤 신호에 의해 활성화되었다는 이야기군."

"내가 꿈을 꾼 것이 아니라면 그렇다고 봐야지. 루비가 심장이니 저 심장이 내 존재를 알아차렸나 보지."

"그렇다면 결론은 한 가지야."

김성찬이 손가락을 빙글 돌리며 무성영화의 변사처럼 선언했다.

"넌 드래곤이야."

잠자코 있던 아르쥬 자리에서 일어나 한쪽 무릎을 꿇고 머리를 조아리며 말했다.

"천인(賤人) 아르쥬가 위대한 존재를 뵈옵니다."

"······."

"······."

농담도 이런 농담이 없다.

놀란 준혁은 미처 아르쥬를 말리지도 못하고 김성찬을 바라보았다.

그 모습을 본 김성찬의 눈매에 짓궂은 장난기가 서렸다.

"허참, 어쩔 수 없지."

그는 웃으며 무릎을 꿇으려 했다.

보다 못한 준혁이 그런 김성찬에게 쏘아붙였다.

"그만하시지. 아르쥬도 얼른 일어나."

"하지만······."

"나 정말 화낸다."

"······."

"빨리!"

준혁이 진심으로 화를 내자 그제야 아르쥬가 머뭇거리며 일어났다.

그녀의 얼굴은 발갛게 상기되어 있었다.

드래곤은 전설 속의 존재다.

신전에서도 드래곤을 신의 또 다른 모습으로 가르친다.

즉 아르쥬는 신을 목격한 것이다.

이대론 안 되겠다 싶었던 준혁은 선언했다.

"난 드래곤이 아니야. 성찬 형을 봐. 저 얼굴이 드래곤을 본 얼굴이야? 형이 장난친 거라고!"

"……."

김성찬은 재미있어 죽겠다는 표정으로 억지로 웃음을 참고 있었다.

"도저히 못 참겠다. 좀 웃자. 크크크크크크."

"……."

준혁은 김성찬의 웃음을 온몸으로 받아들였다.

짜증도 났지만 한편으로는 김성찬의 행동이 고마웠다.

김성찬은 준혁이 드래곤이라는 사실을 알고 있었음에도 불구하고 그 사실을 웃음으로 감추고 있었다.

"그만 좀 웃으라고……."

"네 몸속에 비늘투성이의 파충류가 들어 있다는 상상만으로 웃음이 멈추지 않는다. 크크크크크. 안 그래, 아르쥬?"

"호호호호, 듣고 보니 그러네요. 하지만 성찬 님 장난이 심하셨어요. 정말 놀랐잖아요."

"크크크크, 미안, 미안, 아~ 웃겨."

"전 이만 들어갈게요. 보핑겐 영지에 대한 보고는 내일 아침에 해도 되겠죠?"

"그래, 수고했어. 내일 아침 보자구."

아르쥬는 두 사람에게 인사를 건네고는 자신이 고른 방으로 가버렸다.

그녀가 나가자마자 미친 듯 웃고 있던 김성찬이 웃음을 멈췄다.

"고마워. 형."

"고맙긴……. 네가 드래곤인 걸 아르쥬가 알게 되면 앞으로 너무 피곤해질 것 같아서……."

김성찬이 어른스럽게 대답했다.

확실히 김성찬은 처음 토라에 왔을 때 보여줬던 성공지향적인 성향을 벗어버린 후부터 정신적으로 많이 성숙해 있었다.

준혁은 그런 김성찬이 진심으로 고마웠다.

현 상황에서 준혁이 모든 것을 바쳐 믿을 수 있는 사람을 꼽으라면 아르쥬와 김성찬이다.

하지만 아르쥬는 토라인이라는 태생적 한계를 가지고 있었다. 그녀의 사고방식은 전형적인 토라인의 그것이어서 어떤 문제를 해결하는데 종교와 관습의 영향을 많이 받았다.

그런 반면에 김성찬은 현대인이다. 그래서 김성찬은 토라의 관습에서 한발 벗어나 주관적인 눈으로 사물과 현상을 바라볼 수 있었다.

"다른 기억은 없어?"

"전혀."

"그건 그렇고… 난 아직도 이해가 안 돼."

"뭐가."

"유라 씨가 널 이곳으로 데려온 이유 말이야. 유라 씨는 마법사들과 관련이 있고 마법사들은 널 죽인 옥토퍼스인지 문어대가린지 하는 놈들의 후손이잖아. 그렇지 않아?"

"……."

준혁도 김성찬과 같은 의문을 가지고 있다. 하지만 아무리 생각해도 의문의 답을 찾지 못했다.

하지만 최소한 한 가지는 명확해졌다.

"어쨌든 다행이다. 최소한 적은 정해졌잖아."

"마법사들?"

"눈뜬장님 신세로 이유도 모르고 당하기만 하는 일은 이제 싫어. 마법사들을 모조리 쓸어버리고 토라를 악마가 강림하기 전의 상태로 돌려 버릴 거야."

"과연 그것이 신의 뜻일까?"

"상관없어. 신이고 나발이고 2,000년 동안 날 우주에 던져 버린 놈이야. 그리고 옥토퍼스의 주장도 일리가 있어. 신이 전지전능하다면 악마 강림을 설명할 수 없어."

"어째 많이 들어본 이야기다. 지구에서도 그런 이야기가

많았지. 기독교의 신, 야훼가 전지전능하다는 가정이 맞는다
면 사탄의 존재를 어떻게 설명할 건가 하는 이야기 말이야.”

“그렇지. 사탄은 타락하기 전에는 천사였다고 하니까.”

“아~ 머리 아파. 역시 종교는 복잡해.”

“부부 간에도 종교와 정치이야기는 하지 말래잖아.”

“그래 맞아. 어쨌든 한 가지 약속해라.”

“뭘?”

“혹시 나중에 신이 너에게 인간을 싹 쓸어버리라고 명령해
도 듣지 마라.”

“그걸 말이라고 해!”

당연한 대답이다.

준혁은 인간이다.

인간은 그 형태만으로 정의되지 않는다.

‘마음이 중요해.’

부녀자를 강간하고, 인육을 먹고, 종교와 사상과 피부 색깔
이 다르다고 대상을 배척하는 인간들은 비록 그들이 인간의
거죽을 쓰고 있다 해도 인간이 아니다.

인간을 정의하는 것은 바로 마음이다.

준혁은 자신이 인간의 마음을 가지고 있다고 생각했다.

아니, 최소한 그렇게 믿고 싶었다.

Chapter 57
준비

아르쥬가 다가왔다.

방금 머리를 감은 듯 찰랑거리는 머리카락이 싱그러웠다.

아르쥬는 준혁과 김성찬에게 인사를 한 후 식당 한편에 마련된 탁자로 향했다. 탁자 위에는 신선한 과일을 주스로 만들어주는 장치가 놓여 있었다.

준혁은 홀린 듯 주스를 따르고 있는 아르쥬를 바라보았다.

"닳는다."

"쿵!"

"웬만하면 이제 저질러 버려라."

"뭘?"

"뭐긴, 언제까지 유라 씨의 망령에 매달려 있을 거냐?"

"……."

속마음을 들킨 것 같았다.

그래서 화를 냈다.

"그런 말 하지 마. 유라는 내 마누라야."

평소의 김성찬은 준혁이 화를 내면 이쯤에서 멈춘다. 하지만 오늘은 그럴 생각이 없어 보였다.

"법적으로는 그렇지. 하지만 지금까지 유라 씨가 한 행동을 보면 충분히 이혼 사유가 된다고."

"여긴 지구가 아니라 토라야."

"그러니 더하지. 하이난고람은 일부다처제라고."

"그만하지. 아르쥬 온다."

"그래, 그만하는데… 생각해 봐라. 불쌍하지도 않냐? 너만 보고 이런 땅까지 와서 죽을 둥 살 둥 고생만 하는데……. 다 누구 때문이겠냐?"

"알았어, 알았어."

유라가 신선한 오렌지 주스 한 잔을 들고 탁자에 앉았다.

"오믈렛 먹을래? 아르쥬?"

"감사해요."

김성찬이 눈을 깜박이고는 오믈렛을 만들러 가버렸다.

괜히 분위기가 서먹해졌다.

차마 아르쥬를 정면으로 볼 수 없었던 준혁은 몸을 돌린 후 곁눈으로 그녀를 바라보기 시작했다.

아르쥬는 아름다웠다.

연약한, 그래서 보호본능을 자극하는 아름다움은 아니었다.

허리를 넘어 엉덩이까지 치렁치렁 내려오는 검은 머리카락, 구슬을 박아 놓은 것 같은 크고 맑은 눈동자, 오뚝한 코와 그리 크지 않고 도톰한 입술.

몸매는 더욱 환상적이었다.

탄력 넘치는 갈색 피부와 길고 가녀린 팔과 다리, 잘록한 허리와 그에 반해 솟아 오른 가슴.

"뭘 봐요? 무슨 할 말 있어요?"

목소리마저 달콤하다.

그래서 준혁은 자신도 모르게 속마음을 털어놓고 말았다.

"아름답다."

"무… 무슨 말이에요?"

아르쥬의 얼굴이 붉어졌다.

당황한 준혁은 손을 저으며 말했다.

"아… 아냐. 미안, 미안해. 내가 정신이 나갔나 봐."

"……."

어색한 침묵이 흘렀다.

"다 됐어. 오믈렛 햄과 토마토가 든 김성찬 특제 오믈렛."

"감… 감사해요."

"흠, 두 사람 무슨 일 있었어?"

김성찬이 묘한 미소를 지었다.

준혁과 아르쥬는 동시에 소리쳤다.

"무슨 소리야. 아무 일 없었어."

"아무 일 없었어요."

"크크크크. 그렇다면 그렇겠지."

결국 아르쥬는 아침을 거의 먹지 못했다.

*　　　*　　　*

식사를 마친 아르쥬가 보고를 시작했다.

"보핑겐 영지에 모인 병력 총합은 기사 700명, 중갑기병 1,400명, 경기병 1,000명. 총 3,100명이에요. 거기다 보병 4,000명은 별도죠."

"휴~"

"……."

말만으로도 기가 차는 숫자다.

하지만 이것이 끝이 아니었다.

"총대장은 하인리히 후작이에요. 그리고 110명의 귀족도 있어요. 귀족들은 귀부인 한두 명을 대동하고 있고 그 밑에 각자 3~4명의 호위기사와 10여 명씩의 시종과 하녀가 딸려 있어요."

"언제쯤 공격이 시작될 것 같아?"

"일주일 뒤 이동을 시작할 거예요. 포돈 영지 도착은 정확히 10일 후에요."

남은 시간은 불과 10일.

준혁은 김성찬에게 물었다.

"헤르모르수 호는 그때까지 준비가 될까?"

"때려죽여도 불가능해. 나도 이제야 겨우 작동 방식을 이해했어. 지금부터 사람을 뽑아 가르친다고 해도 족히 한 달은 필요할 거야."

"휴~ 언제나 문제는 시간이군."

"계획대로 할 거야?"

준혁은 당초 모든 영지민을 데리고 산으로 소개시킬 생각이었다. 그리고 미리 준비해 둔 동굴에 영지민들을 숨기고 병사들과 유격전을 벌이는 것이 준혁의 계획이었다.

"아니. 계획을 수정해야겠어. 우리에겐 이곳이 있잖아."

하지만 이젠 헤르모르수 호와 헤르모르수 호가 자리 잡고 있는 격납고가 있는 이상 구태여 영지민들을 산으로 소개시킬 필요가 없었다.

"영지민들은 격납고에 수용하고 병사 중 똑똑한 놈들을 뽑아 해르모르수 호의 운행 방법을 가르치자고."

"피오다이나 상단은 어쩌고. 그들은 아마도 해르모르수 호의 존재를 알고 있을 텐데……."

"내가 아르쥬와 최대한 시간을 벌어볼게."

준혁은 저격을 아르쥬는 암살을 한다.

두 사람이면 충분히 시간을 벌 수 있다. 아니, 단지 시간뿐만이 아니라 적에게 지옥을 선사할 수 있다.

*　　*　　*

준혁은 포돈 성으로 향해 루돌프 자작에게 자신의 계획을 설명했다. 루돌프 자작은 자신의 영지에 그런 공간이 있다는 사실에 놀라워했다.

"결국 피오다이나 상단의 목적은 준혁 님이 발견하셨다는 비공정이군요."

"그렇습니다. 그러니 영지민들을 모두 비공정이 있는 장소로 이동시키고 농성을 해야겠습니다."

"원하는 대로 하십시오. 저희 영지의 운명은 모두 준혁 님의 손에 달렸습니다."

루돌프 자작은 의외로 간단하게 준혁의 의견에 따르겠다고 말했다.

그는 모든 것을 포기한 것처럼 보였다.

"무슨 일이 있습니까? 힘이 없어 보입니다."

"어머니께 연락이 왔습니다."

"어떻게 되었습니까?"

"막시밀리안 공작께서 어머니를 억류하셨습니다. 그리고 어머니의 탄원을 받아들여 절 포돈 영지의 영주 자리에서 해임하셨습니다."

"해임이라고요? 그럴 리가……. 클라라 부인께서 자초지종을 설명하셨을 것 아닙니까?"

"당연합니다. 하지만 막시밀리안 공작께서 대의를 위해서라고 말씀하셨답니다."

"대의라……."

"제 짐작이지만 왕실에서 포돈 영지를 피오다이나 상단에 넘길 생각인 것 같습니다."

"……."

뜻밖의 소식에 준혁은 답답함을 느꼈다.

하지만 달리 방법이 없는 이상 최선의 수를 찾아 행동에 옮겨야 했다.

준혁은 루돌프 자작을 통해 영지민들을 모두 격납고로 이

동시켰다.

그리고 아르쥬와 함께 보핑겐 영지로 향했다.

준혁에겐 한 달의 시간이 필요했다.

＊　　　＊　　　＊

보핑겐 영지는 낙후된 포돈 영지와는 달리 무척 번화한 영지였다.

그리고 안 그래도 번화한 보핑겐 영지는 전국에서 모여든 귀족과 기사, 용병들로 북새통을 이루고 있었다.

"아르쥬는 귀족 쪽을 맡아줘. 난 기사들 쪽을 맡을게."

"알았어요."

두 사람은 간단한 인사와 함께 서로의 건투를 빌며 보핑겐의 좁은 골목으로 사라졌다.

뿌직!

하인리히 후작이 화살을 부러뜨렸다.

그가 부러뜨린 화살은 조금 전 하인리히 후작의 뒤통수를 향해 날아온 것이었다.

신경을 곤두세우고 오러를 운용하고 있지 않았다면 목이 꿰뚫렸을 것이 분명했다.

"제기랄!"

화살은 시도 때도 없이 날아왔다.

목욕을 할 때도, 잠을 잘 때도, 심지어 화장실에 있을 때도 화살은 날아왔다.

덕분에 벌써 6일째 하인리히 후작은 한숨도 못자고 있었다.

도대체 방법이 없었다.

화살의 궤적을 쫓아볼 생각도 했었다. 하지만 화살의 궤적 끝에 보이는 것은 언제나 텅 빈 하늘뿐이었다.

화살은 살아 있는 생명체처럼 자유자재로 궤적을 바꾸었다.

"최소한 소드 마스터 급이야. 그 이상일지도……."

하인리히 후작도 자신도 소드 마스터다. 소드 마스터는 오러를 이용해 검을 던져 궤적을 변화시킬 수 있다.

하지만 그런 방법은 어디까지나 근거리에서 가능할 뿐이지 지금처럼 저격자가 보이지도 않는 먼 거리에서 발사하는 화살에 적용할 수 있는 기술이 아니다.

최후의 수단으로 완전히 밀폐된 방도 선택해 보았다.

그런데 놀랍게 화살은 화강암 벽까지 뚫는 말도 안 되는 위력을 발휘했다.

상황은 최악을 향해 치닫고 있었다.

그래도 하인리히 후작은 화살을 피하거나 잡을 능력이 있었지만 다른 기사들은 아니었다.

하루에도 10여 명 이상의 기사가 화살에 맞아 죽어갔다. 기사들을 대피시킬 방법도 장소도 없었다.

현재 보핑겐 영지에는 물 반 기사 반이라고 할 만큼 기사의 숫자가 많았다.

적의 목표는 비단 기사만이 아니었다.

어제는 남작 한 명이, 오늘은 백작 한 명이 잠을 자다 목에 구멍이 나 죽었다.

무기는 단검, 범인의 흔적은 찾을 수 없었고 당연히 귀족들은 겁에 질렸다.

"빌어먹을……."

하인리히 후작은 모여든 귀족들의 얼굴에서 두려움을 느꼈다. 귀족들은 입을 모아 말했다.

"우린 돌아가겠소."

"포돈이고 나발이고 다 필요없소."

당장 내일이면 출진이다. 이제 와서 귀족들이 돌아가 버리면 모든 계획이 수포로 돌아간다.

버러지들이다. 참을성 따위는 개에게 주어버린 하인리히 후작이 귀족들에게 소리쳤다.

"흥, 돌아가는 것은 자유지만 계약을 상기하시오. 피오다이나 상단과 계약을 어기면 어떻게 될지 잘 알고 있지 않소.”

“……..”

“……..”

귀족들은 피오다이나 상단으로부터 엄청난 양의 물자와 황금을 제공받았다. 만일 그들이 계약을 파기하면 받은 금액의 열 배를 배상해야 한다.

혹시라도 나 몰라라하고 배상을 거부하면?

피오다이나 상단은 즉각 그 영지를 봉쇄할 것이다. 영지 봉쇄는 단순한 물자의 반입이 중지되는 수준이 아니다. 피오다이나 상단은 물에는 독을 타고 밀에는 불을 붙여 영지 자체를 파멸시켜 버린다.

즉 피오다이나 상단과의 계약을 파기하는 일은 영지의 몰락과 직결된다. 귀족들은 물러설 곳이 없다.

귀족들은 불안에 떨면서도 어쩔 수 없이 출진을 준비했다.

그리고 그날 밤 또 한 명의 남작이 죽었다.

준혁은 보핑겐 성이 멀리 보이는 언덕에 서 있었다.

성문이 열리고 기마 3,100기와 보병 4,000명, 군량을 옮기는 지원병력 1,000명으로 이뤄진 출진 행렬이 보핑겐 성을 빠져나오는 모습이 보였다.

준혁은 행렬의 선두에 서서 말을 몰고 있는 기사를 노려보왔다.

'하인리히 후작.'

말로만 듣던 소드 마스터란 존재는 정말 대단했다. 그는 준혁이 쏜 수십 발의 화살을 모두 막아냈다.

'덕분에 머리를 자르겠다는 계획이 실패로 돌아갔어.'

마음이 다급해졌다.

준혁에게 필요한 시간은 3주 남짓.

하지만 귀족연합군은 불과 3일이면 포돈에 도착한다.

"제가 시도해 볼까요?"

등 뒤에 나타난 아르쥬가 말했다.

준혁은 천천히 고개를 저었다.

아르쥬의 실력은 믿는다. 하지만 하인리히 후작은 아르쥬의 실력으로도 어쩌지 못할 강자다.

다른 방법이 필요했다. 준혁의 눈이 행렬 끝에 고정되었다.

행렬 끝에는 귀족들이 탄 호화로운 마차들이 따르고 있었다.

"지옥을 보여주자고."

준혁은 자신의 행동을 행동에 옮겼다.

드드드드드드.

말발굽이 내는 진동이 느껴졌다.

사람의 목소리도 들렸다.

"오늘은 여기서 야영한다."

"빨리 천막을 쳐."

"물을 길어와. 서둘러."

아르쥬는 살짝 호흡을 멈췄다.

꼬박 반나절을 땅속에 있었다. 온몸의 뼈마디가 비명을 질렀다. 아르쥬는 천천히 오러를 몸에 돌려 긴장한 근육을 이완시켰다.

픽!

픽!

몸을 중심으로 주변에 천막 지지대가 박히는 소리가 들렸다.

몸 위로 무언가 두터운 것이 깔리는 소리도 들렸다.

아르쥬는 호흡을 위해 입에 물고 있던 강철 튜브를 위로 밀어 올려 공기 통로를 확보했다.

긴 기다림의 시간이 종국을 향해가고 있었다.

다시 시간이 흘렀다.

머리 위에서 10여 명의 남녀가 떠들썩하게 떠드는 목소리가 들리기 시작했다.

"어머, 목걸이가 너무 예쁘네요."

"그렇죠? 백작님께서 사주셨어요."

"비싸겠죠?"

"당연하죠. 아스란 제국에서 들어온 물건인 걸요."

"부러워요. 자작 님, 저도 사주시면 안 될까요?"

"허허허, 사주지, 사주고말고."

"어머, 좋아라. 자작 님 최고."

"대신 오늘 밤은 각오하거라."

"호호호호, 자작님도……."

"자, 식사하자고……. 오늘 메뉴는 뭔가?"

"이빨이 나지 않은 어린 양 통구이와 아스란 산 와인입니다."

"좋군, 좋아."

먹고 마시며 한참을 떠들던 남녀의 목소리가 사라졌다.

그리고 잠시 후 남녀의 교성이 들렸다.

"헉~! 헉!"

"좋아, 좋아요. 더, 더!"

귀족들은 전쟁터에 나갈 때도 매춘부나 애인들을 데리고 간다. 아르쥬 머리 위의 백작도 그런 귀족 중 한명이었다.

열락의 밤이 끝나고 백작과 매춘부가 잠들었다.

아르쥬는 두 사람의 숨결이 잔잔해질 때까지 기다렸다 행동을 개시했다.

바닥에 깔린 양탄자를 자르고 밖으로 나온 아르쥬는 조금
도 망설이지 않고 백작의 심장에 단검을 박아 넣었다.

"큭!"

백작이 단말마의 비명도 지르지 못하고 살짝 경련하더니
그대로 절명했다. 경련이 멈추자 단검을 빼낸 아르쥬는 이번
에는 매춘부의 심장을 겨냥했다.

그때 예상하지 못한 일이 벌어졌다.

"…살려주세요. 살려주세요."

깨어났는지 아니면 처음부터 잠이 들지 않았는지 눈을 뜬
매춘부가 아르쥬의 얼굴을 똑바로 바라보며 울먹였다.

"동생이… 어머니가… 동생이 아파요. 전 죽을 수 없어
요."

"……."

평소라면 절대로 그러지 않았을 것이다. 순간 아르쥬는 망
설였다. 어머니라는 단어가 아르쥬의 손을 잡았다.

아르쥬는 매춘부의 귀에 대고 속삭였다.

"입 다물고 눈감고 숨도 쉬지 말고 그대로 있어."

"……."

매춘부가 열심히 고개를 끄덕였다.

아르쥬는 뒤로 물러나 천막을 빠져나왔다.

그리고 뒤에서 비명 소리가 들렸다.

“아악! 암살자야, 암살자. 백작님이 살해당했어.”

“……”

실수였다. 하지만 아르쥬는 후회하지 않았다. 분명 예전의 아르쥬라면 매춘부를 죽였을 것이다. 하지만 준혁과 만난이 후 아르쥬는 살인이라는 행위에 대해 회의를 느끼고 있었다.

주변이 소란스러워지면서 사람들이 모여들기 시작했다. 아르쥬는 어둠속으로 모습을 감췄다.

“잡아라. 암살자다.”

“저쪽이다. 저쪽으로 도망쳤다.”

귀족들의 천막은 숙영지 한가운데 있었다. 천막들이 열리며 기사들이 뛰어 나와 아르쥬를 추격하기 시작했다. 그 속에는 하인리히 후작의 모습도 보였다.

귀족연합군의 숙영지가 소란스러워지자 준혁은 활을 집어 들었다.

‘뭔가 잘못됐어.’

아르쥬의 모습은 보이지 않았지만 뒤를 쫓는 기사들의 모습은 확인할 수 있었다.

준혁은 화살을 난사하기 시작했다.

물론 직사는 아니었다. 화살은 허공에 쏘아졌고 살아 있는 생명체처럼 궤도를 바꿔 기사들을 향해 날아갔다.

날 듯 달리던 기사들이 화살을 맞고 쓰러졌다.

하인리히 후작은 하늘에서 수직으로 떨어져 내린 화살을 검으로 쳐냈다.

"후퇴, 후퇴!"

의미 없는 피해가 너무 커지자 하인리히 후작은 기사들에게 후퇴를 명령했다.

"숙영지 경비를 철저히 해라. 다른 암살자가 있을지도 모른다."

명령을 내린 하인리히 후작은 어둠속으로 사라진 검은 인영을 단독으로 뒤쫓기 시작했다.

하지만 그것도 오래가지 못했다.

하인리히 후작은 이 현실을 도저히 믿을 수 없었다.

지금까지 하인리히 후작이 경험했던 화살은 장난에 불과했다. 하인리히 후작이 혼자가 되자 그를 향해 날아오는 화살의 위력이 급격하게 상승했다.

하인리히 후작은 본능적으로 화살을 쳐냈다.

탕!

그리고 화살의 파공음이 들렸다.

핑!

소리보다 빠르게 날아오는 화살이 있다는 소리를 들어본

적이 없다.

속도보다 더 두려운 것은 그 위력이었다.

살짝 검에 빗겨 맞은 화살이 깃이 보이지 않을 만큼 땅속으로 파고들었다.

오러를 운용하지 않았다면 검을 놓쳤을지도 모를 위력이다.

날아오는 화살이 점차 그 위력을 더해갔다.

'지금까지는 버틸 수 있지만…….'

저격수의 숫자가 늘어난다면 과연 계속 막아낼 수 있을지 의문이 생겼다.

결국 하인리히 후작은 추적을 포기하고 말았다.

준혁은 방법을 달리하기로 결정했다.

그는 더 이상 기사를 노리지 않았다. 대신 귀족만을 집요하게 찾아 목숨을 빼앗았다.

저격이 계속되는 동안 아르쥬는 암살 대신 준혁을 경호했다.

암살 자체는 가능했지만 도주가 너무 위험해서 내린 결정이었다.

"뭔가 이상해."

"뭐가요?"

준혁이 활을 편하게 쏠 수 있도록 화살을 넘겨주던 아르쥬가 물었다.

"귀족을 10명 이상 죽였는데도 행군 속도가 줄어들지 않아. 그 이유를 모르겠어."

"제가 침투해 볼까요?"

"아니야. 이유를 안다고 해서 달라질 건 없어."

귀족파 연합군에 참전한 귀족들은 이미 죽을 목숨이란 사실을 모르는 준혁은 답답하기만 했다.

준혁은 저격을 포기하고 포돈으로 귀환하기로 결정했다. 이제 남은 방법은 무력 충돌뿐이었다.

"결국 그들을 사용하는 수밖에 없어."

"파장이 심각할 텐데요."

"앞으로 20일이야. 20일을 버티면 그깟 파장쯤은 무시할 수 있어."

"그렇긴 하지만……."

아르쥬가 걱정스러운 어조로 말했다.

포돈에서 보핑겐으로 떠나오기 직전 하이난고람의 에르도안에게서 전갈이 도착했다.

에르도안은 준혁의 소식을 들었고 그 부탁을 충실히 이행했다고 전해왔다.

　　　　　*　　　　*　　　　*

포돈으로 돌아온 준혁은 부탁의 결과물을 마주했다.

오크 유적을 배경으로 오크족의 신녀 크툴로아가 준혁에게 날듯이 절을 했다.

"어둠의 신녀, 크툴로아가 타이론 님을 뵙습니다."

"오느라 수고했다."

"아닙니다. 타이론 님께서 저희 일족을 불러주시지 않았다면 어찌 오크 일족이 고향에 돌아올 수 있었겠습니까? 감사하고 또 감사할 따름입니다."

크툴로아는 눈물을 흘리며 감사를 표했다.

"타이론!"

"타이론!"

"타이론!"

500여 마리의 오크가 준혁의 또 다른 이름인 타이론을 연호했다.

우락부락한 오크의 연호에 기분이 좋을 만도 하건만 준혁의 표정은 썩 밝지 않았다.

적의 숫자는 10,000명이 넘는다.

그 반면에 오크족의 숫자는 겨우 500마리. 준혁이 기대한 숫자에 턱없이 모자라다.

"이들이 전분가?"

"아닙니다. 저희는 이동 경로를 개척하기 위한 선발대일 뿐입니다. 인간의 눈을 피해야 했으니까요."

듣던 중 반가운 소리다.

"그럼 본진은 몇 마리나 되느냐?"

준혁의 질문에 크툴로아가 당당하게 말했다.

"1,000마리도 넘습니다."

"……."

준혁은 자신이 잘못 들었다고 생각했다. 선발대가 500마리인데 본진이 불과 1,000마리라니…….

그래서 다시 물었다.

"1,000마리라고 했느냐?"

"그렇습니다. 본진은 1,000마리도 넘습니다."

문제가 심각해졌다.

1,500마리의 오크로 기마병이 포함된 10,000명의 병사와 대적하는 일은 처음부터 불가능했다.

그래도 열심히 도와주겠다고 온 오크들에게 자신의 심정을 내색할 수는 없었다.

준혁은 오크들에게 야영을 하게 하고 음식을 공급한 다음 쓸쓸히 던전으로 향했다.

김성찬은 영지민 중에서 가려 뽑은 운영 요원들을 가르치고 있었다.

"어때?"

"엉망이지. 글을 아는 사람이 불과 30명이야. 나머지는 눈 뜬장님이라고."

"방법을 찾아봐."

"어찌어찌 띄울 수는 있을 거야. 하지만 장비 숙달은 장담 못해."

"띄우는 것만 해도 어디야. 하늘에서 돌만 던질 수 있어도 큰 힘이 될 거야."

"그야……. 말이 나온 김에 해르모르수 호 창고에 돌이나 가득 실어놓으라고 해야겠다."

1차 대전 당시 복엽기 조종사들이 변기를 던졌다는 이야기가 생각났다.

그런 원시적인 방법을 고려해야 할 정도로 상황은 심각했다.

김성찬이 심각한 표정으로 물었다.

"이길 수 있어? 아니, 버틸 수나 있겠어?"

"솔직히 자신 없어. 그래서 말인데, 형."

"말해봐."

"내일 전투에서 패배하면 던전을 무너뜨리자."

“…….”

농성도 한 가지 방법이다.

지금은 수단과 방법을 가릴 여유가 없다.

해르모르수 호를 피오다이나 상단에 빼앗기면 미래는 없다.

준혁과 김성찬이 대책을 논의하고 있을 때 아르쥬의 안내를 받은 크툴로아가 함교로 들어왔다.

“준혁님께 드릴 말씀이 있다고 해서 데려왔습니다.”

“무슨 일이죠? 크툴로아?”

크툴로아는 대뜸 준혁 앞으로 다가오더니 무릎을 꿇었다. 그녀는 두 손을 들어 준혁에게 경배를 표하며 말했다.

“제가 타이론을 실망시켜드린 것 같아서 이유를 듣고 싶어 찾아왔습니다.”

“왜 그렇게 생각하느냐?”

“일족의 숫자를 말했을 때 타이론의 눈에서 실망감을 느꼈습니다. 제가 잘못 본 것이옵니까?”

“아니다. 실망한 것은 사실이지만 너는 네가 할 수 있는 최선을 다했다. 그뿐이다.”

준혁은 자신의 심정을 가감 없이 말했고 크툴로아는 크툴로아대로 억울한 심정을 토로했다.

“말씀대로입니다. 연락이 닿는 모든 일족을 끌어모았습니다. 걸음을 걸을 수 있는 일족은 모두 움직이라 명령했습니다. 더 이상의 일족은 없습니다. 제가 할 수 있는 일은 다 했습니다. 그런데도 실망하셨습니다. 이해할 수 없습니다. 타이론은 그래서는 안 됩니다. 타이론은 공평하고 관대하며 너그러워야 합니다."

"허참……."

크툴로아는 준혁에게서 그녀가 조상으로부터 구전으로 전해 들었을 타이론의 모습을 찾고 있었다.

아마도 그녀가 아는 타이론은 인간이 원하는 이상적인 신의 모습에 가까울 것이다.

그 신은 질투하지 않으며 복수하지 않고 벌도 죄도 내리지 않은 완벽한 존재다.

'그런 신은 존재하지 않아.'

준혁은 크툴로아가 안타까웠다.

그녀에게 신이 얼마나 악에 근접해 있는지, 신이 얼마나 독선적인지 알려주고 싶었다. 하지만 그럴 수 없었다.

비록 예상보다 적은 숫자의 일족을 데리고 왔지만 마법을 사용하는 크툴로아는 그 자체로 강력한 힘이다.

'응? 모든 일족?'

준혁은 자신이 크툴로아의 말속에서 한 가지 중요한 사실을 놓치고 있음을 깨달았다. 크툴로아는 자신이 연락할 수 있는 모든 일족을 데리고 왔다고 했다.

하지만 아이언 월 산맥을 넘을 때 만난 오크 족만 해도 수만 마리였다.

준혁은 상심해 있는 크툴로아에게 물었다.

"크툴로아, 오크는 숫자를 어떻게 세느냐?"

"……."

어쩌면 뚱딴지같은 질문을 받은 크툴로아는 대답 대신 준혁을 바라보았다. 그녀는 진심으로 준혁의 정체를 의심하는 눈치다.

"일, 십, 백, 천. 이런 숫자를 말함이다."

"인간과 같습니다. 일, 십, 백, 천."

"그래? 그랬구나."

준혁은 실망했다. 지구의 오지에 사는 원시부족의 경우 백 이상의 숫자는 모두 많다고 표현하는 경우가 있다. 혹시나 천이 많다라는 의미를 가지고 있지 않을까 하는 일말의 기대감이 무너져 내렸다.

오크에게 천은 천일 뿐 많다가 아니다.

준혁과 크툴로아가 하는 냥을 보고 있던 아르쥬가 다가왔다.

"크툴로아 님, 백은 무슨 뜻이죠?"

이상한 걸 다 묻는다는 표정으로 크툴로아가 대답했다.

“열이 열 개면 백이죠. 그런데 왜 그런 걸 물으시나요?”

아르쥬는 대답 대신 다시 물었다.

“그럼 백이 열 개면 얼마가 되죠?”

“당연히 천이죠.”

“천이 열 개면요?”

“당연히 천보다 많다죠.”

아르쥬와 준혁과 김성찬은 말문이 막히고 말았다.

“…….”

“…….”

“…….”

오크족은 천이란 숫자가 많다와 동의어로 쓰였다. 그러니 아무리 많은 수의 오크족이 오고 있더라도 천보다 많다 이상 의 표현은 불가능했던 것이다.

“결국 얼마나 되는 숫자의 오크족이 올지는 신만이 알고 계신다는 이야기군.”

“그래요. 천이 몇 개냐고 물어보기도 했지만 ‘많이’ 라고 대답하니 방법이 없어요.”

“어쨌든 잘된 일이야. 한시름 덜었어.”

“그래요.”

세 사람이 대화를 나누는 동안 크툴로아는 신기한 듯 함교 를 구경하고 있었다. 그녀의 시선을 사로잡은 것은 마나석이었다.

크툴로아는 마나석 안에서 빛나고 있는 루비 구슬을 가리키며 말했다.

"심장이 여기 있었군요. 타이론이시여."

"……."

"타이론의 희생 덕분에 토라의 생명체가 미래를 얻었습니다. 은혜를 저버리고 신과 타이론을 배신한 인간과 달리 오크는 그 은혜를 결코 잊지 않습니다."

"……."

이상하게 눈물이 날 것 같았다.

크툴로아의 말처럼 인간은 스스로의 욕망을 채우기 위해 자신을, 혹은 드래곤을 배신했다. 하지만 흉측하고 난폭해 보이는 오크는 그렇지 않았다. 그들은 준혁의 존재를 인식한 순간 모든 것을 버리고 그의 명령에 따르고 있었다.

김성찬이 말했다.

"신의 입장에서 보면 과연 어느 종족이 진실된 창조물일까?"

씁쓸하지만 결론은 하나였다.

"아마도 오크겠지요. 인간은 자격이 없어요. 아니, 어쩌면 신이 자신의 모습을 본떠 창조한 생명체는 인간이 아니라 오크일지도 몰라요."

“……”

진정한 오크족 본진의 숫자는 다음날 일찍 정찰을 다녀온 아르쥬에 의해 밝혀졌다.

오크족을 직접 목격한 아르쥬는 호들갑스럽게 말했다.

“셀 수가 없었어요.”

“무슨 소리야? 내가 대략적인 숫자 세는 법을 알려줬잖아.”

준혁이 알려준 방법은 바둑판처럼 가상의 선을 그린 후, 그 선 안에 있는 숫자를 세고 나서 칸의 숫자로 곱하는 것이었다.

아르쥬는 준혁의 설명 따위는 기억하지 못하는 듯했다. 준혁이 아르쥬의 이런 모습을 본 기억이 없을 정도로 그녀는 흥분상태였다.

“준혁 님이 알려주신 방법으로는 절대로 못 세요. 여기도 오크, 저기도 오크, 산도 오크, 들도 오크, 강도 오크, 온통 오크, 오크, 오크예요.”

말을 듣고 있던 김성찬이 끼어들었다.

“그렇게 많이 오면 쿠틀로아가 말했던 선발대가 루트를 개척했다는 소리는 뭐야?”

“루트요? 말도 안 돼요. 그저 방향만 제시했겠죠. 저 정도 숫자면 몰래라는 말이 성립할 수 없어요. 모르긴 몰라도 스카이월 산맥 이쪽은, 그러니까 프랑코 왕국의 메르센 백작령에서부터 포돈 영지까지는 발칵 뒤집어지고도 남았을 거예요.”

“…….”

상상이 갔다.

밀물처럼 산과 들을 빼곡히 채우고 밀려오는 오크들.

그 오크들이 인간을 썩은 고기 취급하며 이동한다. 인간들에게는 마치 악마 강림과 같은 충격이었을 것이다.

“환장하겠네.”

“전부 네 잘못이야.”

“그야…….”

김성찬의 말대로 신의 대리인인 타이론이 한 말의 위력을 실감하지 못한 준혁 자신의 잘못이다.

준혁의 오판은 쿠틀로아의 말에서도 잘 드러났다.

“제가 연락할 수 있는 모든 부족에 연락했어요. 아마도 그 부족들도 연락이 닿는 다른 부족에 전갈을 보냈겠지요. 다시 말하지만 오크는 은혜를 잊지 않아요. 당연히 걸을 수 있는 모든 오크가 이곳으로 오고 있겠지요.”

한마디로 스카이 월과 하이난고람의 오크, 아니, 토라 전역의 오크가 모두 포돈 영지로 몰려오고 있다는 말이다.

또한 이 정도 숫자가 동시에 움직인다는 것은 오크는 자신

들의 이동을 인간이 알든 알지 못하든 상관하지 않는다는 의
미이기도 했다.

"소소한 일에 일일이 신경 쓰지 말라는 뜻인가? 어쩌면 오
크답다고 할까?"

이젠 달리 방법도 없으니 준혁은 혀를 차는 것으로 상황을
인정하고 말았다.

＊　　　＊　　　＊

총 일주일에 걸쳐 도착한 오크 무리는 무려 80만이 훌쩍 넘
는 숫자였다. 더군다나 그들 뒤에는 아직도 총수가 얼마가 될
지는 신만이 아실 만한 규모의 오크 무리가 꼬리에 꼬리를 물
고 따라오고 있었다.

준혁은 우선 지금까지 모인 오크 부족의 부족장들을 한자
리에 모았다.

원체 숫자가 있다 보니 명령을 받고 모여든 부족장의 숫자
만 수백 명이다. 오크는 워낙 오랜 기간 동안 부족단위로 흩
어져 살다 보니 통일된 지휘체계가 전무했다. 작게는 100마
리에서 많게는 수천 마리에 이르는 각 부족을 이끄는 부족장
들은 저마다 굵은 어금니와 근육을 뽐내더니 급기야 치고받
고 싸우며 서열을 정하기 시작했다.

“내가 강하다.”

“내가 더 강하다.”

“죽을래?”

“죽어라.”

“일단 맞아라.”

“너도 맞아라.”

삽시간에 장소는 난장판으로 변했다. 준혁은 UFC 수백 경기를 동시에 보고 있는 기분이었다.

이런 오크를 써먹으려면 지휘체계를 수립하는 일이 급선무였다.

우선 오크 부족 전체를 관장할 대표자가 필요했다.

“쿠틀로아. 이 난장판을 어떻게 해야 할까?”

“죄송합니다. 타이론님.”

쿠틀로아는 자기 일처럼 몸 둘 바를 모르더니 소리쳤다.

“용맹한 오크 전사들이여! 이 무슨 졸렬한 짓인가. 여기 우리의 구세주 타이론님의 모습이 보이지 않는가!”

마법을 사용한 목소리가 오크 유적 전체에 울려 퍼졌다.

시선이 자신에게 모이자 쿠틀로아는 다시 말했다.

“경배하라!”

“……”

“……”

준혁은 잔뜩 무게를 잡으며 연단에 섰다.

'이거 완전히 드래곤 똥 신세가 되는 것 아냐?

수십 만의 오크 대군 앞에 서니 다리가 절로 후들거렸다. 생각해 보면 미친 짓이다. 오크가 자신을 받든다는 보장은 그 어디에도 없지 않은가. 이들이 다른 마음이라도 먹으면 준혁은 잘 차려진 밥상 신세에 불과했다.

연단에 선 준혁을 부족장들은 힐끗 쳐다보더니 자신의 무리로 달려가 한 사람씩을 데려왔다.

준혁은 쿠틀로아에게 물었다.

"누구야?"

"저와 같은 신녀들입니다."

모여든 신녀만 부족장의 숫자와 같은 수백 명. 이들이 전부 쿠틀로아와 같은 마법사니 보기만 해도 배가 불렀다.

하지만 이들을 수족으로 사용하려면 굴복시키는 것이 우선이었다.

그런 준혁의 마음을 아는지 모르는지 부족장들은 준혁을 가리키며 신녀들에게 무언가를 물었다.

그러더니 한 명씩 한 명씩 준혁에게 무릎을 꿇기 시작했다.

"타이쿤!"

"신의 대리인!"

"오크의 수호자."

"신의 영광이 타이쿤에게!"

이쯤 되면 너무 쉬워 오히려 이상할 지경이다.

어쩌면 오크는 광신도다. 그것도 신이 자신들을 위해 좋은 일만 할 것이라 믿는 좋은 의미의 광신도 집단이 바로 오크다. 그래서 오크는 웃음이 나올 만큼 순수했다. 신 앞에서 오크는 기득권도 없고 움켜쥐어야 할 권력도, 부도, 명예도 없었다.

수십 만의 오크가 파도가 밀려가듯 무릎을 꿇는 장면은 압권이었다. 준혁은 무거운 짐을 덜어내고 다음 단계로 넘어갈 수 있었다.

이정도 충성심이면 지휘체계를 갖추는 일은 쉽다.

"나, 타이론이 말한다. 이제부터 너희의 대장은 여기 쿠틀로아다."

여기서 나올 대답은 한 가지 '알겠습니다' 다.

하지만 준혁의 예상은 보기 좋게 엇나갔다.

"말도 안 됩니다. 타이쿤."

"여자가 대장이라니요."

"신의 이름으로 거절합니다."

"우리가 아는 타이쿤은 절대로 그런 말을 하실 분이 아닙니다."

오크들은 대놓고 준혁의 말을 거부했다.

타이쿤의 체면이 박살 나는 순간이다.

당황한 사람은 준혁만이 아니었다. 크툴로아가 준혁에게 다가오더니 귀에 대고 속삭였다.

"어찌 그런 말씀을 하십니까. 남성 오크는 부족을 지키고 여성 오크는 아이를 키웁니다. 이는 신이 내려주신 섭리이자 법칙입니다. 물론 저처럼 평생을 신을 모시기 위해 의무에서 해방된 여성이 있긴 하지만 저 또한 법칙의 밖에 있지는 않습니다. 어서 말씀을 취소하십시오."

그렇다는데 무슨 방법이 있겠는가.

준혁은 얼른 소리쳤다.

"취소다."

취소에 대한 반응도 즉각적이었다.

"역시, 타이론님이십니다."

"뭔가 이상하다했어."

"틀린 것은 바로잡는다."

"신의 대리인다우신 현명한 처사이십니다."

순간순간 바뀌는 오크의 반응에 준혁은 오크가 믿는 신의 실체에 대해 의심이 생길 지경이었다.

'어찌 생각해 보면 이해가 가기도 해.'

오크들은 그들에게 가장 유리한 방향으로 신의 존재와 말씀을 기억하고 있었다. 이제 준혁이 할 수 있는 일은 카톨릭

이 남미에서 사용했던 포교 방법, 즉 원주민의 문화와 관습을 최대한 존중해 주고 그 속에서 신의 존재를 인식시키는 방법뿐이었다.

그래도 지휘체계는 만들어야 했다.

한 가지 묘안을 생각났다. 오크의 투쟁심과 신에 대한 믿음을 동시에 만족시킬 수 있는 완벽한 방법이다.

준혁은 오크들을 둘씩 짝지어 모이게 한 후 '가위 바위 보'를 가르쳤다.

"가위, 바위, 보!

"가위, 바위, 보!"

"난 졌다. 네가 이겼다."

"내가 이겼다. 넌 졌다."

"인정한다. 넌 승리자다."

"넌 졌지만 다치지 않았다. 신의 뜻이다."

예상대로 눈에 보이게 승부가 나고 공평하며 운에 영향을 받으면서도 기존 승부와 달리 다치지 않는 새로운 승부 방법을 오크들은 무척 좋아했다.

대결이 빠르니 승리자도 빨리 정해졌다.

준혁은 부족장 중 우승한 크룩이란 이름의 부족장을 사령관에, 결승전에서 크룩에게 진 갈톡를 부사령관에 임명했다.

그리고 나머지 부족장들도 준결승, 8강, 16강 32강 진출자들 순서대로 직위를 부여해 부대를 편성하도록 했다.

"여자 오크는 편성에서 제외한다. 여자 오크는 남자 오크가 전투에 임할 수 있도록 음식을 만들고 청소를 해야 한다."

현대 여성들이 들었으면 단체로 데모를 할 명령이었지만 이 명령은 오크들에게 엄청난 환영을 받았다.

부대는 각 1,000명씩으로 편성되었다.

단일 부대 숫자로 많은 감이 없지 않았지만 딱히 문제는 없었다. 1,000씩 모인 오크들은 각 부대 안에서 가위, 바위, 보를 시행했고 순식간에 부대 내 서열을 정해 버렸다.

철저히 복종하는 완벽한 서열이 있으니 명령체계는 걱정할 필요가 없었다.

여성을 빼냈는데도 전투병의 숫자는 40만에 가까웠다.

숫자가 숫자다 보니 무기도 문제가 되었다. 대부분의 오크들은 조잡하나마 녹슨 검이라도 들고 있었지만 많은 숫자의 오크들이 말 그대로 맨손이었다.

준혁은 헤르모르수 호의 창고에 있던 무기를 모두 꺼내 오크들을 무장시켰다.

그래도 부족한 숫자는 어쩔 수 없어 단단한 몽둥이 한 개를 쥐어줄 수밖에 없었다.

"별문제 되겠어? 말이 몽둥이지… 기둥이잖아."

김성찬의 소감대로 오크들은 가진 힘만큼이나 무기도 무

식했다.

그들이 휘두르는 몽둥이는 말 한 마리쯤은 충분히 곤죽으로 만들 위력을 가지고 있었다.

전투병 편성 이후에도 숫자 세기를 포기할 정도로 오크가 몰려들었다.

오크 숫자가 많다 보니 여러 가지 문제가 생겨났다.

그중에서도 역시 가장 큰 문제는 식량문제였다.

그나마 오크들은 각기 긴 여행에 대비해 당분간 먹을 육포와 건량을 가지고 있었다. 하지만 이도 얼마가지 못할 것이 분명했다.

해르모르수 호에 있는 식량과 포돈 영지민들이 모아둔 식량은 오크 숫자에 비하면 바닷물에 떨어뜨린 소금 한 톨과 같은 지경이었다.

"우선은 버틸 만해. 정 안 되면 산으로 밀어 넣어도 되고."

오히려 더 큰 문제는 워낙에 많은 숫자가 모여들다 보니 생겨난 위생 문제였다.

하루에 싸대는 오물의 양이 산더미를 이룰 지경이니 이대로 뒀다가 전염병이라도 휩쓸면 큰 문제가 생길 것 같았다.

"오크는 병에 걸리지 않습니다."

크툴로아의 말이 있었지만 병은 병이고 냄새는 냄새다.

준혁은 전투병에서 제외한 여성들과 편성 이후 계속해서 도착하는 오크들을 동원해 주변 산에서 나무를 잘라다 집을 짓도록 했다.

"이 지역은 너희들의 선조가 살던 장소다. 지금은 폐허로 변했지만 오크는 결코 더럽고 무식한 존재가 아니었다. 이제 너희들은 이곳에 새로운 터전을 건설할 것이다."

남는 것이 오크고 발에 차이는 것이 오크다 보니 단 하루 만에 산 하나가 민둥산으로 변했고 마을 몇 개가 뚝딱 생겨났다.

이제 준비는 끝났다.

때마침 귀족파 연합군이 포돈 영지의 경계로 들어오고 있다는 소식이 전해졌다.

다행스러운 일은 귀족파 연합군이 오고 있는 방향은 북쪽이고 오크들이 몰려오고 있는 방향은 주로 남쪽이라서 이쪽 전력을 눈치챈 것 같지는 않았다.

오크들이 아직 도착하지 않았을 때 준혁이 구상해 두고 있던 전술은 청야전술이었다.

준혁은 루돌프 자작을 통해 모든 영지민에게 옮길 수 있는 모든 식량을 가지고 던전으로 이동하라 명령했고 식수가 될 만한 수원에 독을 풀 만반의 준비를 마쳤다.

하지만 오크 무리가 도착하고 나서는 상황이 급변해 버렸다.

당장 적을 물리치고 나면 이 많은 수의 오크가 버틸 땅과 물이 필요했다. 보고에 의하면 지금까지 몰려든 오크의 숫자는 무려 200만을 넘어가고 있었다.

준혁은 청야전술을 포기하고 많은 숫자와 지리적 이점을 충분히 활용해서 단숨에 적을 무너뜨리기로 결정했다.

작전의 핵심은 한 번의 승부에서 최소한의 피해로 적을 전멸시키는데 있었다.

적의 숫자도 1만 명이 넘으니 그들이 가지고 있을 두세 달 치 군량을 노획할 속셈이다.

*　　　*　　　*

작전 전달을 위해 준혁의 부름을 받고 찾아온 루돌프 자작의 얼굴은 회반죽처럼 하얗게 질려 있었다.

"도대체 어찌하실 생각이십니까?"

"뭘 말입니까?"

"오크 말입니다, 오크. 저 많은 오크를 불러들이시다니요. 포돈을 멸망시키실 계획입니까?"

"저야… 자작님도 아시다시피 일개 가디언일 뿐인데 무슨 힘이 있나요. 모두 마법사님의 지시에 따를 뿐이지요.”

딱히 오크에 대해 마땅한 변명거리를 찾을 수 없었던 준혁은 자연스럽게 공을 김성찬에게 넘겼다.

김성찬도 답이 없긴 마찬가지였지만 준혁보다는 능숙하게 대처했다.

“자작님, 자작님은 누가 창조하셨습니까?”

“당연히 신께서 창조하셨죠.”

“그럼 오크는요?”

“악마가 창조했다고 알고 있습니다.”

“이상한 일이군요. 2,000년 전 악마가 최초로 강림했을 때 오크도 존재했다고 알고 있습니다만.”

“그야…….”

“뭐, 그 점은 넘어가도록 하죠. 그럼 악마는 누가 창조했습니까?”

“…….”

김성찬은 고전적인 종교 파회 방법으로 루돌프 자작의 입을 막은 후 물었다.

“현재 자작님이 밟고 서 계신 땅이 어디입니까?”

“오크 유적지 아닙니까?”

“잘 알고 계시는군요. 단지 오크들은 자신의 고향을 찾아왔을 뿐입니다. 고향을 찾아온 오크, 이 얼마나 아름다운 이야깁니까?"

"아름답기는요. 그렇더라도 오크는 인간을 잡아먹습니다. 저 숫자를 보십시오. 포돈 영지민 숫자로는 하루 간식거리도 되지 않을 겁니다."

"결국 그 점이 문제군요. 이러면 어떻습니까?"

앞뒤도 안 맞고 맥락도 부정확한 말들을 신의 본질에 대한 논점 흐리기로 얼버무린 김성찬은 오크 사령관 크룩을 불렀다.

키가 2m가 훌쩍 넘는 크룩은 보는 것만으로도 질리게 생긴 오크였다.

김성찬은 크룩에게 물었다.

"그대 오크 무리가 원하는 것은 무엇인가?"

"조상이 낳고 살고 죽었던 바로 이 땅, 고향에서 사는 것이다."

"원래 이 땅은 오크의 것이었다. 그 점은 인정한다. 하지만 지금은 아니다. 지금 이 땅의 주인은 여기 계신 루돌프 자작님이시다."

"크르르룽! 그럼 우리가 어떻게 해야 하나? 저 인간과 싸워야 하나? 오크는 죽어도 이 땅에 산다. 절대 물러설 수 없다."

크룩이 손가락보다 긴 누런 송곳니를 드러내며 반발했다. 크룩의 위압적인 모습에 안 그래도 하얗던 루돌프 자작의 얼굴에서 생기가 사라졌다.

김성찬은 내심 고소를 지으며 크룩을 달랬다.

"그래서 널 부른 것이다. 넌 오크의 대표자다. 아닌가?"

"그렇다."

"여기 루돌프 자작도 인간의 대표자다. 묻겠다. 오크는 인간과 싸울 것인가? 인간을 먹을 것인가?"

"싸우기 싫다. 하지만 우리의 요구가 관철되지 않으면 그렇지 않을 수도 있다. 그리고 인간은 먹지 않는다. 인간과 인간이 기르는 가축은 상했다. 오크가 먹으면 배탈 난다."

"……"

인간이 상했다는 말에 잠시 침묵이 흘렀다.

준혁의 말은 어느새 오크들에게 전파되어 일종의 '말씀'이 되어버린 모양이었다.

어색한 침묵을 김성찬이 깨트렸다.

"이렇게 하면 어떻겠나. 오크는 이 땅에 산다. 대신 이 땅의 주인인 루돌프 자작에게 충성을 바친다."

"충성의 방법은 무엇인가? 오크는 인간의 법을 따를 수 없다."

"간단하다. 세금을 바치고, 정해준 영역을 벗어나지 않고, 인간을 먹지 않을 뿐만 아니라 위협하지도 않고, 이 땅이 침략 받았을 때 인간과 함께 싸우는 것이다."

김성찬과 크룩이 루돌프 자작을 바라보았다.

따지고 보면 손해 볼 거래가 아니다. 원래 산지를 포함한 영지 면적은 충분히 넓다. 지금도 노는 땅이 많은 포돈 영지다. 게다가 자그마치 200만이 넘는 강력한 전사가 부하가 되는 것이다.

여성 오크를 빼고 100만인 전사들만 따져도 일개 왕국의 전력을 넘어 제국의 전력에 육박하는 규모다.

오크를 영지만으로 받아 들였다고 다른 영지들이 쳐들어 온다면?

'무슨 문제야? 이미 지금 쳐들어오고 있잖아!'

드디어 루돌프 자작이 승낙했다.

"좋… 좋습니다."

대답을 들은 크룩이 루돌프 자작에게 무릎을 꿇었다.

"나와 오크 무리는 루돌프 자작의 충실한 영지민이 될 것이다. 이 맹세는 루돌프 자작의 피가 이어지는 동안 결코 깨짐 없이 지켜질 것입니다."

이렇게 터무니없이 황당한 인간과 오크의 연합이 결성되었다.

크룩이 방을 나가자 김성찬은 얼른 그 뒤를 따라 나갔다.

"잘했어. 크룩 대장."

"약속은 잊지 말아라. 인간."

"당연하지. 술 50상자와 통조림 50상자."

"크크크크. 무릎 한번 꿇고 술 50상자와 통조림 50상자라… 좋다. 좋아. 또 이런 일이 있으면 언제든지 불러달라고!"

크룩이 만족스러운 표정으로 사라졌다.

오크는 인간과 약속을 하지도 지키지도 않는다.

그들이 믿는 것은 오직 신의 대리인인 준혁뿐. 본질적으로 준혁은 인간이 아닌 드래곤이니 가능한 행동이다.

Chapter 58
완벽한 승리

전쟁의 아침이 밝았다.

귀족파 연합군은 포돈 성이 멀리 보이는 넓은 들판에 진을
쳤다.

1만 명에 달하는 군세는 도열해 있는 모습만으로도 충분히
위협적이었다.

귀족파 연합군 맞은편에 진을 친 포돈 영지군은 단 500명
에 불과했다.

그 모습을 본 귀족들은 행군 도중 느꼈던 공포를 말끔하게
벗어던지고 환담을 나누기 시작했다.

“암살당한 라베르 백작에게 아들이 있었나요?”

“없지요. 딸만 둘로 알고 있습니다만.”

“허허허허, 참 안됐습니다그려.”

“웃으면서 그런 말씀을 하시다니……. 자작님도 참 못되셨습니다. 하하하하.”

“그러는 백작님도 얼굴에서 웃음이 떠나지 않으시군요.”

두 사람은 라베르 백작의 영지와 인접한 영지의 소유자들이다.

“마침 내게 결혼 하지 않은 아들이 한 명 있지요.”

“저도 아들은 있습니다.”

“자작의 아들들은 모두 결혼을 한 것으로 아는데 말입니다.”

“무슨 문제가 되겠습니까. 전령을 보내 둘째 아들에게 이혼하라 명해두었습니다.”

“허허허허. 빠르십니다.”

“자 말을 빙빙 돌리지 말고 결론을 내시지요.”

“반반 어떻습니까?”

“역시 합리적인 백작님이십니다. 하하하하. 저도 찬성입니다, 찬성.”

두 사람이 기분 좋은 합의에 이르자 또 다른 귀족이 끼어들었다. 그는 두 사람의 영지와 인접한 영지의 주인이었다.

"두 분 좋은 일은 나눠야 기쁨이 배가 된다는 사실 잊으시
면 안 됩니다."

"당연하지요. 당연합니다. 내 확보할 영지에서 나올 1년
세금의 절반을 눈감아주시는 대가로 지불하겠습니다."

"당연히 저도 그래야죠. 저도 절반을 드리지요."

"역시 사리에 밝으신 두 분입니다. 하하하하, 미리 양가의
결혼을 진심으로 축하드립니다."

전령들이 말을 달려 영지로 돌아갔다.

그들은 죽은 귀족의 딸과 자신의 아들의 정략결혼을 추진
하라는 귀족의 명령서를 간직하고 있었다.

아들이 있는 영지 주변 귀족들도 전령을 보냈다. 그들은 죽
은 귀족의 아들이 아버지의 사망 소식을 전해 듣기 전에 암살
하라는 명령서를 가지고 있었다.

귀족들은 나름의 방법대로 화창한 아침을 즐기고 있었다.

그런 귀족들을 못마땅하게 보던 하인리히 후작은 긴 한숨
을 내쉰 후 기사 한명에게 명령을 내렸다.

"전투 시작을 알리고 와라."

아무리 적의 숫자가 한 줌밖에 안 된다고 해도 절차는 준수
해야 한다.

"알겠습니다. 후작 각하."

명령을 받은 기사가 하얀 깃발을 들고 말을 몰아 전방으로

달려나갔다.

준혁은 하얀 깃발을 든 기사가 달려오는 모습을 보고 활을 들어 올렸다.

'미안, 감정은 없어.'

풋슝!

준혁의 손에서 떠나간 화살이 기사의 머리를 투구째로 관통했다.

기사가 힘없이 땅으로 떨어졌고 잘 훈련된 군마가 본진으로 돌아갔다.

그 모습을 본 하인리히 후작의 분노는 측정할 수 없는 것이었다.

"저런 무도한 놈들을 봤나. 전군 돌격 준비!"

돌진 명령을 내리려던 하인리히 후작이 생각에 잠겼다.

석연치 않은 구석이 있었다.

작은 숫자의 아군으로 많은 수의 적에 대항하는 방법은 오직 한 가지 게릴라전뿐이다. 하지만 적은 피하기는커녕 오히려 아군의 심기를 건들고 있었다.

적이 죽고 싶어 환장하지 않았다면 도저히 있을 수 없는 상황. 전장에서 잔뼈가 굵은 하인리히 후작은 이해할 수 없는 상황의 이면에는 음모가 있다는 사실을 잘 알고 있었다.

"명령을 내려주십시오."

"저놈들을 쓸어버리겠습니다."

동료가 죽는 모습을 목격한 직속 기사들이 소리쳤다.

하인리히 후작은 고개를 저었다.

"아니다. 뭔가 이상하다. 기다려라."

생각할수록 현 상황이 이해가 안 됐다. 첫 번째 원정에서도 적의 숫자는 고작 500명이었다. 그런 500명이 270기의 기마 돌격을 저지했다. 적이 감추고 있는 한 수가 있는 것이 분명했다.

전투는 언제라도 가능했다.

하인리히 후작은 전투를 뒤로 미루고 정찰을 비롯한 정보 수집활동을 강화하기로 결정했다.

그때 하인리히 후작이 전혀 예상치 못한 일이 벌어졌다.

"돌격! 저 잡병들을 쓸어버려라."

"가장 먼저 도달한 기사에게 금화 10닢을 내리겠다."

"뒤쳐지지 마라. 고작 무지렁이 농부 500명이다."

눈치라고는 돈 주고 사려고 해도 없는 귀족들이 휘하 기사들을 돌격시켰다.

"저런 미친놈들……."

하인리히 후작은 욕설을 내뱉었다.

암살이 멈추자 귀족들은 자기 좋을 대로 생각하는 버릇이 도졌다. 그들은 주인 없는 영지를 마음대로 나눠가졌고 술에,

여자에, 절제할 줄 모르는 광란의 밤을 즐기기 시작했다.

그러더니 기껏 한다는 짓이 엄연히 사령관인 자신이 있는데도 독단으로 공격을 개시했다.

"어떻게 할까요?"

"우린 멈춘다. 두고 보자."

하인리히 후작은 상황이 어떻게 돌아가는지 보기로 했다. 귀족들이 이긴다면 그것으로 좋았고 혹시 진다해도 포돈에 어떤 비밀이 있는지 알게 되니 좋았다.

근 1,000기의 기마가 여우사냥이라도 가는 것처럼 한가롭게 말을 달려 포돈 영지군을 향해 달렸다.

그 모습은 폭풍 속의 파도가 휘몰아치는 듯 장엄하기까지 했다.

두두두두두두두!

준혁은 다시 활을 들었다.

이제 적들에게 이해할 수 없는 공포를 선사할 순간이다.

핑!

준혁이 쏜 화살은 눈에 보이지 않는 속도로 날아가 선두에 선 기사의 몸에 명중했다.

풋슝!

화살이 풀 플레이트 메일을 입은 기사의 몸을 마치 공기처럼 관통했다. 기사를 관통한 화살이 뒤이어 오는 기사들을 꼬치가 고기를 꿰듯 뚫어버렸다. 그렇게 화살이 관통한 기사의 숫자는 무려 7기. 7기의 기사가 거의 동시에 말에서 떨어지는 광경은 무섭기까지 했다.

준혁은 연달아 화살을 날렸고 그때마다 기사들이 낙엽처럼 말에서 떨어졌다.

"저… 저런……."

하인리히 후작은 말문이 막혀 버렸다.

저런 기술은 들은 적도 본 적도 없다. 비로소 하인리히 후작은 자신을 암살하려던 화살의 정체를 깨달았다.

＊　　＊　　＊

준혁은 밀려오는 기마대가 미리 표시해 둔 기둥에 도착하자 손을 들어 올렸다.

"전군, 자유 발사!"

궁수들은 잔뜩 긴장한 표정으로 활을 쏘기 시작했다.

풋슝!

풋슝!

풋슝!

긴장과는 별개로 궁수들의 손길은 가벼웠다. 그동안 손가

죽이 다 벗겨지도록 열심히 훈련한 보람이 있었다.

첫 번째 전투에서 기마가 근접할 때까지 3발의 화살을 쐈던 궁수들은 이번에는 무려 5발의 화살을 난사했다.

2,500발의 화살이 1,000기의 기마대를 덮쳤다.

결과를 확인할 필요는 없었다. 그래도 귀족파 연합군은 멍청이가 아닌 듯 기마대는 저마다 두터운 방패를 가지고 있었다. 화살을 맞은 몇몇 기사가 낙마하고 말들이 쓰러져 진형을 혼란시켰지만 전체적인 진행 속도에는 이상이 없었다.

준혁은 다시 명령을 내렸다.

"방책을 들어 올려라."

병사들은 활을 던지고 늘어뜨려 놓았던 줄을 끌어 올렸다.

그러자 수풀로 위장해 두었던 방책이 기마대를 향해 45도 각도로 모습을 드러냈다.

준혁은 결과도 보지 않고 마지막 명령을 내렸다.

"도망쳐!"

궁수들이 뒤도 돌아보지 않고 포돈 성을 향해 뛰기 시작했다.

기마대는 방책 덕분에 전진속도를 잃어 버렸다. 대신 그들은 방책을 우회해서 포돈 영지군을 쫓기 시작했다.

하지만 그 또한 쉽지 않았다.

기마대가 방책을 우회할 것을 미리 예상했는지 포돈 영지군은 예상 지점에 구멍을 파고 풀로 덮어 놓고 있었다.

구덩이에 발목이 부러진 말들이 쓰러지기 시작했다.

결국 기마대는 속도를 잃고 정지해 버렸고 그 틈을 타 포돈 영지군은 안전하게 포돈 성으로 후퇴할 수 있었다.

이 한 번의 교전에서 귀족파 연합군은 100여 기의 손실을 입었다. 상대가 기사단도 존재하지 않는 일개 영지군 500명이란 사실에 비추어 봤을 때 이는 엄청나다는 말로는 설명이 안 되는 피해였다.

그런데 하인리히 후작의 반응은 결과에 비해 놀랍도록 고요했다. 그는 포돈 영지군을 쫓지 않고 그 자리에서 진영을 정비한 후 귀족들을 한자리에 불러 모았다.

"첫 번째 전투에서 270기를 잃었습니다. 이번 전투에서 또 100기를 잃었습니다. 이유를 아십니까?"

"큼."

"쩝!"

"크으음."

귀족들도 입이 있으니 말을 못했다.

어쨌든 하인리히 후작의 명령이 있기 전에 돌격을 명령한 것은 자신들이었다.

"이번에는 다행스럽게 첫 번째 전투의 전훈을 숙지한 덕분에 방패를 준비해 피해를 최소한으로 줄일 수 있었습니다."

"그렇다면 죽은 100기는 뭡니까? 그들은 방패를 준비하지 않은 겁니까?"

"아닙니다. 그들 역시 방패를 준비했습니다."

"그럼 어떻게……."

"소드마스터에 준하는 능력을 가진 보우마스터가 적진에 있었습니다."

"보우 마스터라고요?"

"그런 명칭도 있습니까?"

"명칭은 제가 붙인 것이지만 그리 중요한 문제는 아닙니다. 문제는 적중에 보우 마스터가 있고 그는 기사 대여섯 명 정도는 한 화살로 죽일 수 있다는데 있습니다."

"그런……."

"허… 그럼 지금까지 귀족과 기사를 저격했던 놈도 그놈이었다는 말이오?"

"저런 죽일 놈이 있나."

귀족들이 충분히 경각심과 두려움을 가지자 하인리히 후작은 본론으로 들어갔다.

"맞습니다. 그러므로 전 총사령관으로서 귀족 여러분의 안위를 걱정하지 않을 수 없습니다. 그래서 한 가지 제안을 드리려고 합니다."

자신들의 안위란 말에 귀족들의 귀가 쫑긋 섰다.

"말씀하십시오. 후작."

"무슨 제안이십니까?"

"전투는 저를 비롯한 무부들에게 맡기시고 귀족 여러분은 호위무사만 데리고 모두 후방으로 물러나 상황을 지켜보심이 어떻겠습니까?"

안 그대로 보우 마스터의 등장 때문에 전방에 서는 것이 두려웠던 귀족들은 하인리히 후작의 제안이 반가워 미칠 것 같았다.

그래도 귀족 체면이 있어 그 제안을 덥석 물 수는 없다.

"뒤로 물러난다라……."

"아무리 그래도 귀족이 전투의 최전선에 서는 것은 일종의 명예인지라……."

하인리히 후작은 속으로 욕을 하면서 말했다.

"언젯적 말씀을 하십니까. 아스란 제국에서도 전투는 무부에게 맡기고 귀족 분들은 후방에서 넓은 시야를 가지고 전체적인 정세와 전황을 보면서 전쟁을 지휘하는 것으로 알고 있습니다. 우리 벨루시 왕국도 이젠 아스란 제국의 예를 따라야 하지 않겠습니까?"

아스란 제국은 언제나 귀족들에게 마법과 같은 위력을 발휘하는 단어다.

귀족들은 못이기는 척 병력을 하인리히 후작에게 돌리고 뒤로 물러났다.

'오히려 잘된 일이야.'

하인리히 후작은 만족했다.

이로써 귀족들이 움켜쥐고 있던 병권은 모두 하인리히 후작의 손에 들어왔다. 벌거숭이가 되어 후방으로 간 귀족들을 기다리고 있는 것은 피오다이나 상단에서 파견한 죽음의 손길뿐이었다.

＊　　＊　　＊

다음날 아침 100명이 넘는 귀족이 시체로 발견되었다.

이제 포돈만 손에 넣으면 막시밀리안 공작이 세운 계획이 완성된다.

하인리히 후작은 귀족들의 죽음이 보우 마스터와 암살자에 의한 것이라 선포하고 포돈에 대해 복수를 맹세했다.

"풀 한 포기 풀벌레 한 마리까지 모두 죽여라. 이는 단순한 전쟁이 아니라 너희들의 주군의 죽음에 대한 복수의 성전이니!!!"

단순하고 겁밖에 모르는 기사들이 하인리히 후작의 선창에 따라 복수를 맹세했다. 기사들에게 소드 마스터인 하인리히 후작은 영원한 우상 같은 존재였다. 그래서 기사 중에는 자신들의 주군이 은근슬쩍 욕심 많은 귀족에서 하인리히 후작으로 바뀐 사실을 좋아하는 이도 있었다.

하인리히 후작은 평지에서의 대회전을 포기했다.

처음부터 소수의 적이지만 강력한 활로 무장한 적을 상대로 기마병을 밀어 넣을 필요가 없었다.

대신 하인리히 후작은 지금까지 멀뚱하게 군량만 축내고 있던 보병들을 전방에 내세웠다.

"적이 규칙을 따르지 않으니 우리도 규칙을 따르지 않는다. 멋은 필요 없다. 승리를 위해서는 무엇이든 한다."

사실 큰소리로 이런저런 말을 하고는 있지만 하인리히 후작은 자신이 한심해서 견딜 수 없었다.

그도 그럴 것이 이유야 어쨌든 적은 불과 500명. 자신이 거느린 병사의 숫자는 10,000명을 상회한다.

*　　　*　　　*

병사들은 하늘에서 날아올 화살을 방어하기 위한 목적으로 방패를 머리 위로 치켜들고 방진을 짜서 포돈 성으로 진격했다.

그런데 병사들이 성벽까지 인접했지만 반격이 없었다.

선두의 보고는 더욱 황당했다.

"성문이 열렸습니다."

"성안에 인기척이 없습니다."

"모두 도망친 것 같습니다."

"확실합니다. 성 주변에 인간의 모습은 보이지 않습니다."

보고를 받은 하인리히 후작은 말을 몰아 포돈 성으로 들어갔다.

보고처럼 포돈 성안은 개미 새끼 한 마리 없이 고요했다.

"성 내부를 샅샅이 뒤져라. 마루 아래, 하수구까지 빼놓아선 안 될 것이다."

명령은 충실히 이뤄졌고 곧 성안에 정말로 사람이 없다는 사실이 밝혀졌다. 하인리히 후작은 병사 전부를 성안으로 들어오게 한 다음 성문을 닫게 했다.

"내일부터는 소규모로 부대를 나누어 영지 전체를 살필 것이니 오늘은 배불리 먹고 푹 쉬어라."

하인리히 후작은 비로소 이상하게 돌아가던 상황이 정상으로 돌아온 기분이 들었다. 처음부터 500명의 병력으로 할 수 있는 것은 없었다. 어쩌면 이것이 당연한 일이었다.

다만 한 가지 걱정되는 점이 있다면 보우 마스터와 궁수를 활용한 게릴라전이었다.

하지만 하인리히 후작은 그마저도 크게 염려하지 않았다.

자신이 적장이라면 잘 훈련된 궁수가 있다면 절대로 성을 버리지 않았을 것이다.

성에서 농성하면서 활로 대적한다면 대군인 귀족파 연합군은 곧 군량미의 압박을 받을 것이기 때문이다.

다시 말해 적은 산으로 도망친 것이 분명했다.

포돈 공략은 싱겁게 끝났고 국왕에게 적대하던 귀족 전체를 몰살시켰다. 이제 이것으로 된 것이다. 벨루시 왕국의 앞날은 탄탄대로 그 자체였다.

성주의 방은 낙후된 영지만큼이나 허름했다.

오랜만에 무거운 갑옷을 벗고 몸을 쉬려할 때 손님이 찾아왔다.

손님은 검은 로브를 입은 남자였다.

남자는 최고급 와인이 가득든 박스를 내밀며 말했다.

"피오다이나 상단에서 왔습니다. 계약이 이뤄졌다는 사실을 알려드리려 왔습니다."

"수고하셨습니다. 덕분에 쉽게 일이 진행되었습니다."

"후작께서 귀족들을 따로 모아주신 덕분이지요. 날이 밝으면 피오다이나 상단은 계약대로 오크 유적으로 떠나겠습니다."

"당연합니다. 막시밀리안 공작께서도 무척 기뻐하실 겁니다."

남자가 방을 나가고 하인리히 후작은 오랜만에 술잔을 기울이며 드디어 벨루시 왕국이 진정한 왕의 나라가 되었음을 축하했다.

하인리히 후작은 원래 술을 즐기지 않는다. 그런데 기쁜 마음 때문에 전날 술이 과했다.

지끈 거리는 머리를 부여잡고 꿀물을 찾는 하인리히 후작에게 시종이 달려왔다.

"큰일 났습니다. 후작 각하."

"무슨 일이냐. 다 필요 없고 얼른 꿀물 한잔 가져오너라."

"지금 꿀물을 찾으실 때가 아닙니다. 빨리 밖으로 나가보십시오."

얼마나 급한 일이기에 시종은 평소라면 목이 날아갈 망발을 서슴지 않았다. 하인리히 후작은 옷을 걸쳐 입고 성벽에 올랐다.

왜 시종이 그렇게 사색이 됐는지 알 수 있었다. 저 광경을 보고도 놀라지 않으면 인간이 아니었다.

포돈 성은 평지에 세워진 돌 성이다. 성 전면은 물론 사방이 구릉지로 둘러싸여 있다.

“…….”

지금 그 구릉이 움직이고 있었다.

하인리히 후작은 시력을 돋구어 움직이고 있는 구릉의 정체를 살폈다.

“오크.”

구릉은 움직이는 것이 아니었다. 시야를 가득 채운 채 움직이고 있는 것의 정체는 수를 셀 수 없을 만큼 많은 숫자의 오크였다.

오크들은 성을 포위한 채 멀찍이 멈춰 섰다.

처음부터 성을 열고 전투를 하겠다는 생각 따위는 들지도 않았다. 그런 생각마저 들지 않을 정도로 오크의 숫자는 압도적이었다.

“어떻게 할까요, 후작님.”

하인리히 후작이라고 답이 있을 리 없다. 그저 오크의 숫자가 얼마나 되는 지 헤아려 보라는 명령을 내렸을 뿐이다.

하인리히 후작의 명령이 불가능하다는 사실이 밝혀지는 데는 그리 오랜 시간이 필요하지 않았다.

“시야 가득 오크입니다. 여기도 오크, 저기도 오크!”

그나마 다행인 점은 오크가 공격을 할 기미가 보이지 않는다는 점이다. 오크들은 멀찍이서 포돈 성을 포위한 채 웃고 떠들고 먹고 마실 뿐, 전혀 움직이지 않았다.

그렇게 속절없이 하루가 지나갔다.

*　　　*　　　*

밤은 추악한 현실을 가린다는 점에서 약자에게 도움이 되는 존재다.

하지만 포돈 성에 갇힌 병사들에겐 밤도 악몽의 연속일 뿐이었다.

밤이 되자 오크들이 움직이기 시작했다.

오크들은 성으로 다가왔다 병사들이 돌팔매질을 하며 저항하면 물러나길 반복했다. 그렇게 새벽이 온다고 해서 악몽은 끝나지 않았다.

새벽 태양을 맞이하고 오크가 물러가서 안심할 만하면 이제 더 큰 악몽이 병사들을 기다리고 있었다.

악몽의 정체는 화살이었다.

성벽에 몸을 기대로 잠이 들라치면 어디선가 날아오는 화살이 어김없이 병사의 몸을 꿰뚫었다.

하인리히 후작은 특단의 조치를 취했다.

그는 병사를 둘로 나눠 한 그룹은 성벽을 지키게 하고 한 그룹은 성안의 집에서 잠을 자게 했다.

하지만 이 조치는 또 다른 불행을 가져올 뿐이었다.

"불이야!"

병사들이 잠이 들면 어김없이 그 집에는 불이 일었다. 병사들은 옆 건물로 불이 옮겨 붙어 성안이 아궁이가 되기 전에 불을 꺼야 했다.

잠을 잘 수도, 그렇다고 안 잘 수도 없는 상황이 일주일 간 계속되었다.

이제 병사들은 오크들이 다가와도 선 채로 잠에 빠질 만큼 지쳐 버렸다. 하인리히 후작도 이젠 속수무책이었다. 잘 단련된 기사들도 여기저기서 졸고 있는 마당에 병사들이 잠을 참길 바라는 것은 잘못된 바람이었다.

"쳐들어오려면 쳐들어와 봐!"

하인리히 후작은 성벽에 올라 벌겋게 충혈된 눈을 비비며 소리쳤다. 성벽에는 나 잡아가 봐라 하고 대자로 누워 자고 있는 병사로 넘쳐 났다.

적의 도주와 성을 비운 행동은 모두 계산된 것이었다. 적은 하인리히 후작의 머리 위에 있었고 그를 가지고 놀았다. 결국 그토록 자랑하던 검 한 번 제대로 휘두르지 못하고 지고 말았다.

'난 졌어.'

하인리히 후작은 깨끗하게 패배를 인정했다.

인정하고 나니 편했다. 하인리히 후작은 성벽에 기대 쏟아지는 잠을 두 손으로 환영했다.

김성찬이 위저드 아이 마법을 거두고 말했다.

"됐어. 99퍼센트가 자고 있어."

준혁은 활짝 웃었다.

"그럼 시작하자고. 대기하고 있던 오크들을 들여보내도록."

명령이 떨어지자 미리 뽑아두었던 오크족 최강의 전사 5,000명이 비밀통로를 통해 성안으로 진입했다.

포돈 성은 오래된 고성답게 여러 개의 비밀통로가 존재했다.

첫 전투 후 도망친 500명의 궁수도 이 통로를 이용해 도망쳤다.

비밀통로로 진입한 오크 전사들은 기사와 병사들의 갑옷과 무기를 제거한 다음 질긴 로프로 굴비 묶듯이 묶었다.

다만 하인리히 후작과 수준이 높은 50여 명의 기사는 경우가 달랐다. 그들은 초인적인 정신력으로 정신을 차리고 오크들에게 대항했다.

하지만 부질없는 짓이었다.

오크들은 하인리히 후작과 기사들을 멀찌감치 포위하고 덤비지 않았다.

"다가가지 마라. 상한 것들이라 잘못하면 다친다."

"어떻게 해야 하나?"

"타이론 님께서 말씀하셨다. 신녀를 쓰라고."

"그럼 신녀를 모셔와라."

오크는 숫자로 말했다.

모여든 신녀만 천 단위를 가뿐하게 넘었다. 그녀들은 동시에 몸을 결박하는 홀딩 주문을 외웠다.

수천 명의 홀딩 주문이 하인리히 후작과 기사들에게 집중되었다.

그렇게 집중된 주문은 실로 놀라운 것이어서 소드 마스터가 아니라 전설 속의 그랜드 소드 마스터가 떼거지로 나타나도 어찌해 볼 수 없는 강력한 위력을 가지고 있었다.

변변한 전투 한 번 벌어지지 않고 그렇게 포돈 성은 다시 준혁의 손안으로 들어왔다.

수많은 무기와 군량은 덤이었다.

준혁은 자신의 계획이 성공했고 부가적인 효과로 거의 피를 보지 않았다는 사실에 무척 만족했다.

전장 정리가 끝나자 준혁은 꼬박 하루 반나절 동안 잠들어 있었던 하인리히 후작을 불렀다. 소드 마스터란 존재가 궁금하기도 했고 그에게 할 말도 있었다.

준혁도 어느 수준을 넘어서면서 굳이 검을 부딪쳐 보지 않아도 상대의 강함을 파악할 수 있는 수준에 도달해 있었다.

그런 준혁이 본 하인리히 후작의 첫인상은 강하다였다. 그리고 두 번째 인상은 하인리히 후작이 매우 순수한 열정과 오러를 가지고 있다였다.

반면에 하인리히 후작은 자신을 굴복시킨 인간이 생각보다 어리다는데 내심 충격을 받은 상태였다.

"생각보다 어리군."

"후작님도 생각보다 젊으십니다. 소드 마스터라 하면 늙은 노인을 생각했었거든요."

준혁은 하인리히 후작을 묶고 있는 미스릴 끈을 풀어주게 했다.

하인리히 후작이 자신을 급습하지 않으리라는 믿음이 생겼기도 했지만 무엇보다 그에게 지지 않으리라는 확신 때문이었다.

루나스톤의 제약에서 벗어난 후 준혁은 엄청나게 강해졌고 매순간순간마다 더 강해지고 있었다. 현재 준혁의 수준은

악마의 달이 떠올랐을 때의 강함보다 최소한 10배 이상이었
다.

게다가 준혁에게 이제 오러는 더 이상 단련해야 할 대상이
아니었다. 생각만으로도 오러는 일었고 써도써도 없어지지
않는 화수분처럼 샘솟았다.

하인리히 후작도 준혁의 강함을 느끼고 있었다.

하인리히 후작은 새까맣게 어린 준혁이 자신보다 강하다
는 사실을 인정하기 힘들었다. 하지만 사실이었다. 준혁은 강
했고 하인리히 후작은 그를 이길 수 없었다.

"자넨 누군가?"

하인리히 후작의 말속에는 많은 질문이 함축적으로 들어
있었다.

너의 이름은? 너의 고향은? 어떻게 그런 활솜씨를 가지게
되었나? 오크는 어떻게 거느리게 되었나? 왜 포돈을 지키는
가? 등등.

"대답 전에 한 가지 질문을 해도 되겠습니까?"

"얼마든지. 자네는 나를 포로로 잡았으니 내가 지켜야 할
비밀이 아니라면 모두 이야기하겠네."

"귀족들은 어떻게 죽은 겁니까?"

"……."

하인리히 후작은 망설였다. 하지만 상관없다 싶었다. 이제

자신은 포로로 잡혔고 죽을 것이 분명했다. 더불어 벨루시 왕국도 멸망의 길로 접어들 것이다.

'미안하네, 친구. 우리의 우정도 미래도 여기까지인가 보군.'

막시밀리안 공작에게 사죄를 한 하인리히 후작은 피오다이나 상단과의 계약을 모두 털어놓았다.

준혁은 하인리히 후작의 말에서 지금까지 어긋나 있던 퍼즐이 모두 맞춰짐을 느꼈다.

'피오다이나 상단은 해르모르수 호의 존재를 알고 있고 상단 전력을 기울여 차지하고 싶을 만큼 심혈을 기울이고 있어.'

호의를 받았으니 호의로 답해줄 때가 왔다.

준혁은 하인리히 후작에게 자신이 겪어온 모든 일을 이야기하기 시작했다.

"난 토라인이 아닙니다. 북방대륙인도, 남방대륙인도, 그렇다고 하이난고람인도 아닙니다."

준혁의 경험은 한두 시간에 끝날 이야기가 아니었다.

준혁은 김성찬과 아르쥬를 불렀다. 그리고 저녁을 먹으면서도, 저녁을 먹고 나서도 이야기를 계속했다.

하인리히 후작은 처음에는 못 믿겠다는 듯, 나중에는 준혁이 겪은 모험에 울고 웃으며 이야기 속에 빠져들었다.

“당신이 드래곤이라고?”

“뭐 안 믿으셔도 상관없습니다. 저 스스로도 못 믿으니까요.”

“왜 나에게 이런 이야기를 해주는 건가.”

“별 이유는 없습니다. 당신과 당신의 군대를 사로잡은 이유이기도 하죠. 난 당신을 내 사람으로 만들고 싶습니다.”

“……”

한참을 고민하던 하인리히 후작이 말했다.

“말은 고맙네. 자네와 함께라면 멋진 모험을 할 수 있을 것도 같네. 하지만 난 친구를 저버릴 수 없네.”

“막시밀리안 공작도 끌어들이죠. 후작님의 말씀을 듣자 하니 막시밀리안 공작님도 별로 권력에 욕심이 있는 분은 아닌 것 같습니다만.”

“그렇긴 하네만 벨루시의 정세가 워낙 바람 앞의 등불이라서……”

“200만의 오크 군단을 보고도 그런 말씀이 나오십니까? 모르긴 몰라도 아스란 제국이 총력을 기울인다고 해도 200만의 군세를 모으진 못할 텐데요. 게다가……”

준혁은 하인리히 후작을 해르모르수 호로 데려갔다.

“저에겐 이놈도 있습니다.”

“자네는, 아니, 당신은 피오다이나 상단의 역할을 대신하겠다는 말입니까?"

"그렇습니다. 그리고 그에 더해 당신과 막시밀리안 공작에게 인간이 경험하지 못할 전쟁에 참여할 영광을 주겠습니다."

"영광이라. 좋게 말해 영광이고 전투지 악마와 한판 붙는데 나와 친구가 필요하단 말이군요."

"크크크크. 부정하지 않겠습니다."

"허허허허. 신의 편에선 전쟁이라……. 사내로 태어나서 이런 기회를 저버린다면 죽어 어찌 신의 심판을 받을 수 있겠습니까."

방법은 조금 이상하지만 벨루시가 안전하기만 하면 결국에는 막시밀리안 공작의 계획은 성공한 셈이다.

하인리히 후작은 막시밀리안 공작에게 편지를 보냈다. 서로를 믿는 친구답게 그의 편지는 짧고 명료했다.

―벨루시는 안전하다. 이제 나랑 놀러가자.

편지를 발송하고 불과 일주일 만에 막시밀리안 공작이 단신으로 포돈에 나타났다.

막시밀리안 공작은 어떻게 벨루시가 안전해졌냐고 묻지 않았다. 그만큼 그와 하인리히 후작의 우정은 깊고도 진했다.

대신 그는 하인리히 후작에게 이렇게 물었다.

"재미있는 일 있어?"

"응, 악마와 한판 뜨는 일이야."

"거 죽이는 걸. 좋아, 나도 하자."

그렇게 두 사람의 소드 마스터와 3,000명의 기사가 준혁의 진형에 가담했다.

준혁을 찾아온 막시밀리안 공작이 말했다.

"난 친구는 믿지만 당신은 못 믿겠소. 그러니 한 가지 증표를 주시오."

"말씀하십시오."

"간단하오. 우리 형님 네오 4세에게 딸이 한 명 있소. 그녀와 결혼해 주시오."

요는 정략결혼이다.

준혁은 단칼에 거절했다.

"난 이미 결혼한 몸이고 내가 온 세상은 일부일처제입니다. 그러니 불가합니다."

"쩝, 참 팍팍한 세상이구만. 남자가 능력이 있으면 삼 처 사 첩도 할 수 있는 거지. 원."

"그러는 공작님은 왜 지금까지 결혼을 하지 않으셨습니까?"

"간단한 문제요. 엄연히 형님 폐하의 자손이 있는데 내가 결혼을 하면 파가 나뉘지 않겠소."

"……."

"대신이라면 뭐하지만 그렇다면 작위라도 받아주시오. 가만 영지는 어디가 좋을까?"

하인리히 후작이 대꾸했다.

"내 영지 있잖아. 잘됐네. 아스란 제국이 코앞이니 방어도 겸해서."

"좋은 생각."

이 두 친구는 욕심이 없는 점도 닮았다. 한 친구는 스스럼없이 영지를 던져 버렸고 또 한 친구는 냅다 그 영지를 받아 준혁에게 넘겼다.

달리 거절할 필요를 느끼지 못한 준혁은 고맙게 하인리히 후작의 영지였던 탈란 영지를 받아들었다.

소식을 들은 김성찬이 볼멘 목소리로 말했다.

"역시 권력이 있으면 부는 저절로 따르는 법이야. 부럽다, 부러워. 나는 누가 영지 안 주나?"

"후작은 자작까지 작위를 줄 수 있대. 내가 줄게."

"정말? 아싸. 나도 오늘부터 귀족이다. 크크크크."

"크크크크."

"아르쥬도 작위를 달라고 해. 북방대륙은 여자도 작위를 받을 수 있대.”

“그렇게 해. 아르쥬. 아르쥬도 오늘부터 자작이다.”

아르쥬는 고개를 저었다.

“싫어요. 작위를 받으면 준혁 님 곁에 있을 수 없잖아요.”

그 말을 들은 김성찬이 놀리듯 말했다.

“크크크. 고작 그 걱정 때문이었어? 상관없어. 나나 아르쥬는 무임소 작위라서 영지 없이 이름만 귀족이니까.”

“그렇다면 받을래요. 내가 귀족이 됐다는 소식을 들으면 샤반이 무척 기뻐할 거예요.”

전해진 소식에 의하면 샤반은 누나를 닮은 성실함으로 에르도안의 사랑을 듬뿍 받고 하이난고람 왕실에서 집사로 근무하고 있었다. 게다가 에르도안의 말에 의하면 샤반의 옆에는 언제나 록살라나가 껌딱지처럼 착 달라붙어 있다고 했다.

Chapter 59
혼돈

모든 일이 순조롭게 진행되고 있을 때 그 잠시의 행복을 질투라도 하는 것처럼 나쁜 소식이 들려왔다.

이제는 엄연히 상하가 구별되기에 준혁에게 존댓말을 쓰는 하인리히 후작이 말했다.

"프랑코 왕국에서 벨루시 왕국에 선전포고를 해왔습니다."

역시 상하를 구별하기위해 스스로 공작위를 던져 버리고 후작으로 강등한 막시밀리안 후작이 덧붙였다.

"일전 오크족의 대이동 때 사람은 다치지 않았지만 농작물에 많은 피해를 입은 모양입니다."

준혁은 되물었다.

"피오다이나 상단의 동향은 어떻습니까?"

"드러난 움직임은 없습니다. 다만 아스란 제국에서 쿠데타가 일어났다는 보고입니다."

"아스란 제국에서요?"

"아스란 제국은 1개의 황제직할령과 8개의 제후령으로 나뉘어 있습니다. 그 8개의 제후령 중 6개가 반란을 일으켰고 성공했습니다. 이제 아스란 제국의 이름은 신생 로테아드 제국입니다."

"……."

로테야드 제국은 신에게 불경했다는 죄목으로 불로서 징죄받아 사라진 제국이다. 그런데 왜 느닷없이 여기서 로테아드 제국이 등장한단 말인가.

"더군다나 신생 로테야드 제국은 불을 뿜는 무기를 사용한다고 합니다. 그 때문에 대륙 전역에 말이 많습니다."

불로 망한 제국의 망령이 살아나 다시 불을 뿜는 무기를 사용한다.

준혁은 그 무기의 정체가 무엇인지 알 것 같았다.

역시나 막시밀리안 후작의 설명은 준혁의 예상을 벗어나지 않았다.

“천둥소리와 함께 쇠구슬이 날아가 기사의 갑주를 뚫는다 합니다.”

총이다.

준혁은 로테야드 제국 뒤에 피오다이나 상단이 있다고 가정했다. 악마와 흑마법사와 불은 어딘가 통하는 점이 있는 조합이다.

운명의 수레바퀴가 종국을 향해 굴러가기 시작했음을 느낀 준혁도 빠르게 움직이기 시작했다.

우선 오크 100만을 남쪽 프랑코 왕국으로 보내 그곳을 점령하고 하이난고람과의 통행로를 확보하게 했다.

100만의 오크 군단을 맞이한 프랑코 왕국은 숨도 쉬지 않고 항복을 선언했다.

프랑코 왕국을 무혈점령한 준혁은 아르쥬를 하이난고람으로 보냈다.

이제 곧 풍요의 6월이다.

1년 전 섬으로 떠나보냈던 사람들을 불러들일 시간이다.

내친김에 준혁은 그동안 준비해 두었던 모든 것을 가지고 스카이월을 넘으라고 에르도안에게 전갈을 보냈다.

*   *   *

신생 로테야드 제국은 맹렬히 팽창하기 시작했다.

제국군이 가진 신무기는 검과 활로 저항할 수 있는 것이 아니었다.

몇몇 주변국이 저항을 선택했다 괴멸에 가까운 타격을 받은 후 많은 나라가 스스로 로테야드 제국의 그늘로 기어들어갔다.

로테야드 제국은 결코 반항하는 자를 놔두는 법이 없었다. 그들이 지나간 자리는 풀조차 나지 않을 정도로 철저히 파괴되었다.

그렇게 운명의 시간은 다가오고 있었다.

풍요의 6월이 끝나가고 있었다.

아르쥬가 돌아왔고 에르도안 또한 하이난고람에서 동원 가능한 전 병력을 데리고 바다와 육로를 통해 포돈으로 몰려왔다.

아르쥬와 섬에 갔던 사람들, 에르도안이 예상했던 손님이라면 전혀 뜻밖의 손님도 찾아왔다.

악마의 7월이 시작된 첫날밤 준혁은 인기척에 눈을 떴다.

어둠속에서 몸을 드러낸 노인이 말했다.

"어둠속에 잠겨 있던 비밀을 끄집어낸 놈이 너냐?"

"당신은 라산 사바흐겠군요."

"놀라운 놈이로고. 어떻게 내가 올 줄 알았느냐?"

"당연합니다. 이곳에 당신의 의형제들과 아들과 며느리가 있으니까요."

노인이 노기를 띠었다. 라산 사바흐는 막시밀리안 후작과 하인리히 후작보다 배는 강한 상대였다.

"내 가족을 인질로 삼았다는 말인가?"

"이미 알고 있지 않습니까?"

준혁은 천천히 몸을 일으키며 말했다. 그러자 라산 사바흐가 웃음을 터뜨렸다.

"허허허허. 우습다, 우스워. 내 평생을 그들을 막기 위해 동분서주했건만 당신이 부활할 줄이야. 이 모든 것이 신의 뜻인가."

"나를 아는가?"

"당신은 신의 대리인, 타이론, 드래곤으로 불렸던 자. 억겁을 어둠속에서 관조한 자. 그리고 떨쳐 일어난 자. 전설은 당신을 위대한 존재라고 말하지."

"위대한 존재라. 허상일 뿐이다."

그때 준혁이 사용하고 있던 침실 창밖으로 거대한 달이 떠올랐다.

루나스톤의 제약에서 벗어나고 맞이한 첫 번째 악마의 달이다.

달빛을 온몸에 받는 순간 준혁의 기억을 억누르고 있던 봉인이 풀렸다.

준혁은 웃었다.

이제야 모든 것이 명확해졌다.

"라산 사바흐. 네가 아는 것을 이야기해라."

대놓고 반말을 던졌지만 라산 사바흐는 당연하다는 듯 자신이 알고 있는 정보를 털어놓았다.

8인의 옥토퍼스는 둘로 나뉘었다.

신을 두려워한 자들과 신을 넘어서려는 자들.

신을 두려워한 자들은 빛을 떠나려 하지 않았고 신을 넘어서려는 자들은 어둠을 벗어나려 하지 않았다.

빛나는 태양이 구름을 이기지 못하듯이 빛은 어둠을 이기지 못했다. 어둠속의 자들은 나날이 힘을 키워갔고 빛 속에 살던 자들은 어둠을 두려워했다.

"백마법사들은 자신들이 어둠으로부터 살아남을 수 있는 한 가지 방법을 찾아냈습니다. 바로 그들이 스스로 죽인 존재인 당신을 부활시키는 것이었죠."

"……."

"하지만 그들이 찾아낸 방법에는 한 가지 문제가 있었습니다."

"내가 토라가 아닌 지구로 떨어진 것이군."

"맞습니다. 지구는 토라의 평행 차원의 공간에 존재하는 장소입니다. 당신이 지구에서 부활하자 사태는 점점 걷잡을 수 없이 흘러갔습니다. 흑마법사들이 당신의 부활을 알아차린 것이지요. 흑마법사들은 부활한 당신을 두고 볼 수 없었습니다. 그들이 선택한 방법은 단 한 가지. 지구로 가서 당신을 다시 죽이는 것이었습니다."

"……."

"흑마법사들은 오랜 연구 끝에 비록 단방향이지만 지구로 사람을 보낼 수 있는 방법을 찾아냈습니다. 하지만 그들도 미처 예상하지 못했던 상황이 벌어졌습니다. 바로 시간 문제와 마법의 사용불가능 문제였습니다."

김성찬도 그 연구의 결과로 지구로 돌아올 수 있었다.

"지구에 도착한 흑마법사는 당신을 찾을 수 없었습니다. 그리고 마법도 사용할 수 없다는 사실을 알게 되었죠."

"너의 말이 맞다면 어찌 네가 그 사실을 알게 된 것이냐."

"비록 마법은 사용할 수 없었지만 그들의 머릿속에는 가공할 만한 지식이 담겨 있었습니다. 그들은 지구의 과학을 탐구한 끝에 원자를 붕괴시켜 시공간에 틈을 만들어 다시 토라로 돌아오는 방법을 찾아내고 말았습니다."

"……."

준혁은 경악했다.

라산 사바흐가 말하는 원자를 붕괴시키는 방법은 바로 원자폭탄이다.

"몇 번의 실험 끝에 흑마법사의 의도는 절반의 성공을 거뒀습니다. 지구로 간 흑마법사는 토라로 돌아왔습니다. 다만 그는 혼자 온 것이 아니고 거대한 불기둥도 함께 가져왔습니다. 로테야드 제국이 한 순간에 불의 정화를 받아 사라진 거죠. 흑마법사 역시 도착 즉시 죽었습니다. 다만 그는 죽기 직전 한 장의 비법이 적힌 종이를 텔레포트 마법으로 빼돌렸습니다. 바로 그것이 폭발하는 가루, 화약의 제조법이었습니다."

로테야드 제국은 핵에 의해 멸망했다. 그리고 전해진 화약 제조법이 아스란 제국을 멸망시키고 신상 로테야드 제국을 탄생시켰다.

"백마법사들이 찾아낸 방법은 좀 더 안전했습니다. 그들은 무작위의 시공간에 구멍을 내는 방법을 사용했습니다. 그리고 가장 신에 가까이 있던 인간, 바로 당신의 부인 유리아, 아니, 유라를 지구로 보냈습니다."

아마도 백마법사의 실험 과정에서 김성찬이 토라로 온 모양이었다. 김성찬은 백마법사의 마법으로 토라에 왔다가 흑마법사의 마법으로 지구로 돌아간 유일한 인간이었다.

"유리아는 충실히 임무를 수행했습니다. 다만 토라로 돌아온 후 당신을 데리고 오지 못했다고 착각했죠. 그녀의 착각이 이 모든 일의 시발점이었습니다. 그리고 그 후 당신을 찾아냈을 때 백마법사들은 한 가지 결정을 내렸습니다."

"방치군."

"정확히 이야기하면 교육입니다. 강제로 당신의 기억을 깨우는 일은 불확정적인 요소가 너무 많았습니다. 백마법사들은 당신이 많은 사람을 만나고 사귀고 인연을 만들어 토라에 대한 애정을 가지길 바랐습니다."

"내가 흑마법사뿐만이 아니라 백마법사, 더 나아가서는 토라를 멸망시킬까 두려웠군."

"그렇습니다."

정말 화가 났다.

울화가 치밀어 견딜 수 없었다.

"흑마법사들보다 백마법사가 더 나빠!"

"무슨 말씀이십니까?"

"최소한 흑마법사들은 자신이 저지른 일을 후회하지 않아. 끝까지 신에 저항했지. 그 신념은 2,000년 동안 변하지 않았어. 하지만 백마법사들은 뭐지? 날 죽이고 2,000년 동안 신을 믿는답시고 인간들 위에 군림하며 착취했어. 그리고는 그것도 모자라 자신들이 당할 것 같으니까 내 의견도 물어보지 않고 날 부활시켜? 그래, 좋다 이거야. 내가 부활했으니 다 잊어 줄 수 있어. 그런데 뭐지? 자기들이 머리 위의 신이라도 되는 것처럼 내 머리 위에 앉아 나의 운명을 정하고 있어. 신을 믿는다는 놈들이 정녕 신처럼 군림하고 있다고."

"……."

우선 손봐줄 놈들은 흑마법사가 아니다. 오히려 백마법사다.

마음을 굳힌 준혁은 물었다.

"흑마법사들이 아스란 제국에 있고 피오다이나 상단이 그들이 세운 집단이란 사실은 알겠어. 그런데 30년 전 사라졌다는 백마법사들은 어디 있지?"

라산 사바흐가 손을 들어 창문을 가리켰다.

그의 손가락 끝에는 거대한 달이 걸려 있었다.

"달? 달! 달이군. 저기 저 달에서 지상을 내려다보며 나와 인간들의 운명을 조종하고 있었어. 못 참아, 절대로 못 참아."

준혁은 김성찬을 찾았다.

"헤르모르수 호를 완벽하게 사용할 수 있게 하려면 얼마나 걸려?"

"안 그래도 하이난고람에서 온 똑똑한 놈들을 교육시키고 있어. 일주일만 줘."

“좋아. 이 주일 줄게. 그 후 우린 달로 간다.”

“…….”

김성찬의 입이 벌어졌다.

“뭘 놀래?”

“너, 정말 달이라고 했냐? 농담 아냐?”

준혁은 고개를 저었다.

“농담 아냐. 백마법사들이 달에 숨어 있어.”

김성찬이 좌절했다.

“빌어먹을……. 차원이동만 세 번 했다. 이제 달까지 가냐?”

따지고 보면 준혁만큼 기구한 운명의 소유자가 김성찬이
다. 준혁은 웃음으로 상황을 얼버무렸다.

“에이, 뭐 그 정도를 가지고! 2,000년 동안 우주를 떠돌아
다닌 나도 있는데.”

준혁의 푸념을 들은 김성찬이 사람 좋은 웃음을 지었다.

“하기야……. 좋아, 한 번 죽지 두 번 죽냐! 해보자.”

“크크크크, 난 두 번 죽을 수 있을지도 몰라. 드래곤이거
든.”

“큼, 좋겠다. 몸에 비늘이 돋아서.”

“크앙, 잡아먹는다.”

“잡아먹든지 말든지. 그 말 들으니 배고프다.”

“나도, 나도. 오랜만에 형이 솜씨 한 번 발휘해 봐.”

"좋아, 최후의 만찬이다. 식료품 저장고를 털어보자고."
두 사람은 아르쥬와 에르도안 등 그들과 관련이 있는 모든 사람을 불러 모아 큰 잔치를 벌였다.

Chapter 60
달

그그그그그그그그그.

격납고의 거대한 지붕이 열리고 헤르모르수 호의 은빛 동체가 거대한 모습을 드러냈다.

떠오른 헤르모르수 호 아래에는 수백만의 병사가 북으로 북으로 이동하고 있었다.

행렬의 선두는 오크가 아닌 20만 명의 하이난고람 군이 맡았다.

하이난고람 군은 하나같이 길쭉한 쇠막대기를 가지고 있었다. 인간들이 가지고 있는 무기는 바로 섬에서 개발한 총이다.

가진 정보로 미루어 봤을 때 로테야드 제국군이 가진 총은 화승총이다. 그리고 준혁이 개발한 총은 그보다는 한 세대 이후 개발된 수석식 총이었다.

사용하는 화약도 달랐다.

로테야드 제국군은 초석 밭에서 채취한 초석을 사용한 흑색화약을 사용하는 반면에 하이난고람 군은 초석 광산에서 채취한 초석으로 만든 흑색화약을 사용했다.

이 두 방식의 차이는 보급에서 극명하게 갈렸다.

초석 밭은 비효율의 상징이니 로테야드 제국군에 화약이 귀할 것은 자명했고 하이난고람 군은 땅에서 캐낼 수 있는 초석을 사용하니 엄청난 양의 화약을 가질 수 있었다.

두 군대의 더 큰 차이점은 대포의 유무였다.

로테야드 군은 대포를 보유하고 있지 않았다. 하지만 하이난고람 군은 초기 형식의 전장식이긴 하지만 대포를 보유하고 있었다. 이 차이는 컸다.

이제 성은 하이난고람 군의 전진에 아무런 걸림돌이 되지 못했다.

끝도 없이 이어지는 행렬을 바라보던 준혁은 크게 소리쳤다.

"이제 우린 달로 간다."

“진로는 달! 전속력 가속!”

마나석 안에 든 준혁의 심장이 밝고 영롱한 붉은빛을 뿜어
냈다.

그러자 마나 엔진이 힘차게 돌기 시작했고 엔진에서 뿜어
져 나온 무형의 힘이 거대한 해르모르수호의 동체를 달로 움
직였다.

토라에서 달까지 이틀이 소요되었다.

지구의 달처럼 토라의 달도 공기가 없는 진공의 공간이었
다.

해르모르수호가 달에 근접하자 마중이라도 나오는 것처럼
비공정들이 달의 그늘에서 나타났다.

“전투 준비!”

“전투 준비! 전 포문 개방!”

해르모르수호의 전면 상부 동체와 옆 동체의 문이 열리면
서 거대한 은빛 막대기들이 모습을 드러냈다. 이것들은 모두
마나를 동력으로 사용하는 마나포다.

“저 비공정 중 한 대에 유라 씨가 타고 있을 수도 있어.”

김성찬이 걱정했다.

하지만 준혁은 김성찬의 말에 동의하지 않았다.

“아냐. 백마법사들은 비겁해. 저들은 최후의 순간에 나와

거래할 대상이 필요하지. 바로 유라야. 유라는 저 비공정이
아닌 달의 기지에 있어.”

그것은 확신이었다.

그리고 그 확신은 정확했다.

해르모르수호는 상상 이상으로 강력했다. 단 몇 번의 교전
끝에 백마법사의 비공정들이 가루로 변해 진공의 이슬로 사
라졌다.

모든 비공정을 격추시키자 그제야 나타난 비공정이 있었
다.

본능적으로 알 수 있었다. 저 비공정에 유라가 있었다.

“사격 중지.”

“사격 중지.”

복창과 함께 마나포들이 침묵했다.

스크린에 신호와 함께 영상이 들어왔다. 영상 속에 나타난
인물은 두 명의 여성이었다.

“유라.”

한 명은 그토록 준혁이 찾아 헤매던 유라였다.

그럼에도 불구하고 준혁은 유라를 봤음에도 놀랍도록 담
담한 자신에게 놀랐다. 모든 비밀이 밝혀진 지금, 유라는 준
혁의 마음속에서 사라져 버린 지 오래였다.

영상 속의 눈처럼 새하얀 로브를 입은 여성이 날듯이 우아

하게 무릎을 꿇으며 자신을 소개했다.

"전 크리슈나예요. 타이론 님."

"네가 백마법사의 우두머리겠구나."

"우두머리란 표현은 정확하진 않지만 그래요. 제가 백마법사들의 수장이에요."

"옥토퍼스의 일인이기도 하고……."

"맞아요, 타이론 님."

"무슨 용무냐."

"백마법사들은 신의 존재를 믿고 신을 섬기며 수천 년 동안 타이론 님의 부활을 시도해 왔어요. 그리고 드디어 오랜 기다림이 보답 받았죠. 타이론 님의 존재가 그 증거예요."

"그래서?"

"묻고 싶어요. 왜 우릴 공격하셨죠? 우린 당신을 부활시켰고 당신의 부인과 함께 있어요."

준혁은 인상을 찌푸렸다.

"날 협박하는 것이냐?"

"절대로 아니에요. 전 사실을 말씀 드리고 있는 것뿐이에요."

"난 너에게 설명할 필요를 느끼지 않는다. 아니, 설명할 필요가 없다는 말이 더 어울릴 것이다. 왜냐하면 난 스스로 그러한 자이기 때문이다."

자리에서 일어난 준혁은 마나석으로 다가가 손을 뻗어 넣었다.

준혁의 손이 마나석이 마치 물이라도 되는 것처럼 그 안으로 쑥 들어가 심장을 잡았다.

"설마……."

"그런……."

준혁은 주변의 놀라움을 뒤로하고 심장을 꺼내 가슴에 넣었다.

그 순간!

준혁의 신형이 사라졌다.

준혁이 다시 나타난 곳은 어둠이 지배하는 진공의 공간이었다.

아니, 어쩌면 그 모습은 준혁이 아니었다.

그것은 분명 아주 오랜 옛날에 타이론이라고 불리던 생명체의 모습이었다.

드래곤의 첫인상은 거대하다는 것이었다.

드래곤은 300m가 넘는 해르모르수호보다도 더 거대했다.

팟!

드래곤은 나타난 순간보다 빠르게 사라졌다.

그리고 다음 순간 준혁은 인간의 모습으로 변해 유라를 데리고 해르모르수호로 돌아와 있었다.

"이제 악연은 끝이야."

준혁은 심장을 꺼내 마나석 안에 넣으며 말했다.

영상 속의 크리슈나가 입술을 깨물며 대꾸했다.

"아직은 끝이 아니에요. 역사는 반복된다고 했던가요?"

그 말이 신호인 것처럼 유라가 날카로운 단검으로 준혁의 옆구리를 찔러왔다.

"……."

이럴줄 알았다. 어쩌면 예상에서 단 1미리도 틀리지 않는 것일까.

준혁은 절망하고 절망했다.

너무 슬퍼 눈물이 날 것 같았다.

유라가 무너져 내렸다.

유라를 막은 것은 아르쥬였다.

아르쥬는 냉혹한 표정으로 한 치의 망설임도 없이 유라의 심장에 단검을 박아 넣었다.

유라는 죽으면서 아무런 말을 남기지 않았다.

하지만 준혁은 아르쥬가 쓰러지는 유라의 귀에 중얼거리는 소리를 들을 수 있었다.

"내가 대신할게요. 사로잡힌 자여, 신의 품에서 영원한 안식을……."

김성찬이 소리쳤다.

"저 배를… 저년을 가루로 만들어!"

"발사!"

마나포가 다시 불을 뿜고 크리슈나가 탄 비공정이 먼지로 변해 사라졌다.

전쟁은 끝났다.

백마법사와 흑마법사 공히 토라에서 진정으로 사라졌다.

준혁은 기사들 몸속의 모든 루나스톤을 회수해 우주 저편에 던져 버렸다. 숨겨져 있던 루나스톤도 마찬가지였다.

오크 신녀들에게 부여되어 있던 마력도 회수했다.

이로써 토라에는 특별한 능력을 가진 생명체의 존재가 사라졌다.

남은 것은 오직 준혁 자신뿐이었다.

김성찬이 두루마리 한 장을 내밀었다.

"흑마법사들의 본부에서 찾아냈어. 이게 마지막 한 장이야."

두루마리는 차원이동마법이 인챈트되어 있었다.

"비록 마법은 쓸 수 없지만, 그래서 지구와 다를 바 없는 몸이지만 난 돌아가지 않을래. 최소한 여기서 난 존경받는 인간 김성찬이야."

준혁은 두루마리를 받아들었다.

"나만 사라지면 토라는 이제 지구처럼 발전할 거야. 비록 지구 문명이 완벽하다곤 할 수 없어도 토라보단 낫겠지. 최소한 인본이란 단어는 생길 테니까. 이제 와서 돌이켜 생각해 보면 나라는 존재가 토라의 발전을 막고 있었어."

눈으로 볼 수 있는 절대자의 존재는 문명을 발달시킬 원동력을 없애 버렸다.

준혁은 아르쥬에게 물었다.

"갈래?"

"당연하죠."

"지구에서의 난 신의 대리인도 영웅도 아니야. 그렇다고 남들보다 능력이 뛰어난 멋진 남자도 아니고. 날마다 길에 채이는 그저 그런 아주 평범한 남자일 뿐이야. 그래도 상관없겠어?"

"당연히요."

"왜지?"

"……."

아르쥬는 얼굴을 붉히며 침묵으로 대답을 대신했다.

준혁도 딱히 대답을 들을 생각은 없었다.

준비를 마친 준혁은 아르쥬의 손을 잡고 스크롤을 찢었다.

Chapter 61
지구

팟!

빛과 어둠이 있었다.

그리고…….

빵!

자동차가 도로 한복판에 나타난 두 사람을 피하며 경적을
울렸다.

"야 이 개새끼야! 죽으려고 환장했어!"

욕설도 주변 건물의 간판에 적힌 한글도 반가웠다.

매연 특유의 매캐한 냄새가 코를 찔렀다.

이역시 눈물나게 그리웠던 냄새였다.

"여기가 당신이 살던 지구인가요."

"그래. 여기가 지구야, 아르쥬."

준혁은 웃었다.

품속에 들어 있는 묵직한 가죽주머니. 최상급의 다이아몬드가 가득 들어 있는 가죽주머니가 준혁을 더 크게 웃게 만들었다.

『스틸로드』 완결

1
나이트 킹
Knight King
2
1

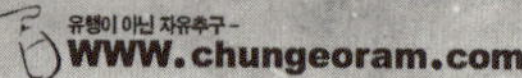

유행이 아닌 자유추구 —
WWW. chungeoram.com

종수의 귀환

FUSION FANTASTIC STORY

템블러 장편 소설

아버지라 생각한 자의 배신.
그렇게 이방의 사막에서 죽음을 맞이했다.

그러나, 죽음은 끝이 아니라 새로운 시작이었다!

카이스트 최연소 입학.
하늘이 내린 천재.
과학력을 한 단계 진보시킨 과학자!

복수를 위하여 이계에서 살아남고,
기어코 현대로 다시 돌아온 이은우!

"이제 시작이다, 나의 성공가도는!"

세상이 몰랐던 총수의 귀환!
이은우, 그가 돌아왔다!

이문혁 장편 소설
FUSION FANTASTIC STORY

PURSUER
- BONG CENTER -

퍼슈어

「난전무림기사」, 「마협 소운강」의 작가 이문혁
그가 그려내는 현대물의 신기원!

서울 서초구 고층 빌딩 사이에 존재하는
아는 사람만 아는 미지의 건물 봉 센터.
베일에 쌓인 그곳에 오늘도
정보에 목마른 자들이 왕래한다.

정계의 비밀부터 국가 기밀까지.
혹은 사회를 떠들썩하게 만든 사건의 정보까지!
원하는 모든 것을 찾아주나,
아무나 그곳을 찾을 수는 없다!

그대여, 이런 현대물을 본 적이 있는가!
이 세상의 어둠 속에서 숨 쉬는
또 다른 세상의 이면을 즐겨라!